어린 왕자

Le Petit Prince

어린 왕자

Le Petit Prince

앙투안 드 생텍쥐페리 지음

김미정 옮김

더모던
Themodern L

차례

레옹 베르트*에게

이 책을 어른에게 바친 데 대해 어린 독자들에게 용서를 구한다. 나에게는 그럴 만한 이유가 있다. 내 인생의 가장 소중한 친구가 그 어른이었던 것이다. 또 다른 이유는 그가 무엇이든 이해하는 사람, 어린이를 위한 책까지도 이해할 줄 아는 사람이기 때문이다. 세 번째 이유도 있다. 그는 지금 프랑스에 살고 있는데 배고픔과 추위에 시달리고 있다. 그에겐 위로가 절실하다. 이런 이유로도 충분치 않다면 이 책을 어린 시절의 그에게 바치고 싶다. 어른도 한때는 어린이였다. (어른들은 대부분 이 사실을 기억하지 못한다.) 이제 내 헌사를 이렇게 수정하련다.

어린 소년이던 레옹 베르트에게

---

* 생텍쥐페리와 10여 년간 우정을 나눈 비평가. 나치 독일이 프랑스를 점령해서 유대인인 그는 프랑스의 시골 마을에 숨어 살며 힘든 시간을 보냈다. 당시 미국 망명 중이던 생텍쥐페리는 멀리서 친구를 생각하며 이 책을 헌정했다.

1

내가 여섯 살 때 한번은 원시림에 관한 책《실제로 겪은 이야기》에서 굉장한 그림을 보았다. 보아뱀이 맹수를 삼키는 그림이었다. 이것은 그때 본 이미지를 그린 것이다.

책에는 이렇게 쓰여 있었다.

"보아뱀은 먹잇감을 씹지 않고 통째로 삼킨다. 그러고 나면 움직일 수가 없어서 먹이를 다 소화할 때까지 6개월간 꼼짝도 않고 잠을 잔다."

나는 정글 모험담을 열심히 읽고 궁리한 다음, 색연필을 들어 내 인생 첫 그림을 완성시켰다. 1호 그림은 이것이다.

나는 내 훌륭한 그림을 어른들에게 보여주고 무섭지 않은지 물어보았다.

어른들은 대답했다. "모자가 왜 무섭다는 거니?"

내가 그린 건 모자가 아니었다. 코끼리를 소화시키고 있는 보아뱀이었다. 그래서 나는 어른들이 이해할 수 있도록 보아뱀의 몸속을 그렸다. 어른들은 설명을 해주지 않으면 모른다. 나의 2호 그림은 이것이다.

어른들은 속이 보이든 안 보이든 중요하지 않으니 보아뱀 따위는 그만 그리고 지리나 역사, 산수, 문법에 신경을 쓰라고 내게 충고했다. 여섯 살이던 나는 화가라는 멋있는 직업을 포기하고 말았다. 1호와 2호 그림의 반응이 좋지 않아 의기소침해졌던 것이다. 어른들은 혼자서는 아무것도 이해하지 못하고, 어린이들은 그들에게 언제나 설명을 해주어야 해서 피곤하다.

결국 나는 다른 직업을 선택해야 했고, 비행기 조종법을 배웠다. 전 세계 곳곳을 비행기로 누비고 다녔다. 지리를 배운 것은 정말이지 유익했다. 한번 보기만 해도 중국과 애리조나를 구별할 줄 알았다. 야간비행 중 길을 잃었을 때 지리 지식은 무척 큰 도움이 된다.

그렇게 살아오는 동안 나는 진지하기 이를 데 없는 사람들을 많이 만났다. 오랜 시간을 어른들 곁에서 보냈고, 그들을 아주 가까이에서 보기도 했다. 그러나 그들에 대한 생각이 좋은 쪽으로 바뀌지는 않았다.

조금이라도 통찰력 있는 어른을 만나면 나는 늘 갖고 다니던 1호 그림을 보여주며 시험했다. 그 사람이 정말 이해력이 있는지 알고 싶었다. 하지만 늘 이런 대답이 돌아왔다.

"모자구나."

그러면 나는 그 앞에서 보아뱀이나 원시림, 별 이야기는 하지 않았다. 그가 이해할 수 있는 범위까지만 말했다. 브리지게임과 골프, 정치, 넥타이 같은 화제 말이다. 그러면 그 어른은 나처럼 생각 있는 사람을 만나서 기쁘다고 했다.

2

　나는 속을 터놓을 사람 하나 없이 홀로 살아왔다. 6년 전 사하라 사막에서 비행기 사고를 당하기 전까지 그랬다. 비행기 엔진에 이상이 생겼고, 정비사도 승객도 없는 상황에서 나는 혼자 비행기를 수리해보려고 안간힘을 썼다. 내게는 죽느냐 사느냐가 달린 일이었다. 한 주를 버틸 정도의 물밖에 없었던 것이다.

　첫날 밤에는 사람이 사는 곳에서 수천 마일 떨어진 사막의 모래바닥에서 잠을 잤다. 망망대해에서 난파되어 뗏목에 의지한 사람보다 훨씬 고립된 상황이었다. 그러니 동틀 무렵, 작고 기묘한 목소리가 나를 깨웠을 때 얼마나 놀랐을지 상상해보라.

　목소리가 말했다.

　"저기…… 양 좀 그려줘."

"뭐라고?"

"양 한 마리만 그려줘."

벼락이라도 맞은 듯 나는 자리에서 벌떡 일어났다. 눈을 비비고 조심스럽게 주변을 돌아보았다. 굉장히 신기한 꼬마가 심각한 표정으로 나를 쳐다보고 있었다.

이 그림은 나중에 내가 그를 모델로 그린 것 중에서 가장 잘 그린 초상화다.

물론 내 그림은 실물의 매력을 다 살리진 못했다. 그렇더라도 내 탓은 아니다. 화가가 되겠다는 여섯 살 아이의 꿈을 좌절시킨 건 어른들이었고, 그 후로 나는 그림을 배운 적이 없다. 기껏해야 속이 안 보이는 보아뱀과 속이 보이는 보아뱀을 그린 것이 전부였다.

나는 소스라치게 놀라서 휘둥그레진 눈으로 그를 빤히 쳐다보았다. 그때 내가 주거지로부터 수천 마일이나 떨어진 사막에 불시착한 상태였다는 걸 생각해보라. 그런데 이 어린 친구는 사막 한가운데서 길을 잃은 것 같지도 않았고, 피로나 배고픔, 목마름이나 두려움으로 기진맥진해 보이지도 않았다. 사람이 사는 곳으로부터 수천 마일 떨어진 사막에서 길을 잃은 아이로는 전혀 보이지 않았다.

나는 겨우 정신을 차리고 입을 열었다.

"여기서 뭐하고 있니?"

그는 중요한 일을 말하듯 나직하게 반복했다.

"부탁이야, 양 한 마리만 그려줘……."

이해할 수 없는 일이라도 너무 강한 인상을 받으면, 부정할 생각조차 들지 않는 법이다. 주거지에서 수천 마일이나 떨어진 곳에서 죽을지도 모르는 상황에 이건 정말 말도 안 되는 일이라 여기면서도, 나는 주머니에서 종이 한 장과 만년필을 꺼냈다. 문득 내가 그동안 열심히 배운 거라곤 지리, 역사, 산수, 문법이 전부라는 게 기억났다. 나는 (기분이 살짝 가라앉아서) 꼬마 친구에게 그림을 그릴 줄 모른다고 했다.

그가 대답했다.

"괜찮아. 그냥 양을 그리면 돼."

양은 그릴 줄 몰라서 나는 내가 유일하게 그릴 줄 아는
그림 두 개 중 하나를 그려주었다. 속이 안 보이는 보아뱀
그림이었다. 그런데 꼬마 친구의 대답을 듣고 나는 깜짝 놀
랐다.

"아냐, 아냐! 보아뱀 뱃속에 들어 있는 코끼리를 말하는
게 아니야. 보아뱀은 진짜 위험한 동물이고, 코끼리도 정말
다루기 힘들어. 내가 사는 곳은 모든 게 작아. 내가 원하는
건 양이야. 양을 그려줘."

그래서 나는 양을 그려주었다. 그는 찬찬히 살펴보더니
말했다.

"안 돼. 이 양은 병들었잖아. 다른 걸 그려줘."

나는 다시 양을 한 마리 그렸다. 내 친구는 부드럽게 응석을 부리는 듯한 미소를 지었다. 그리고 말했다.

"잘 봐, 이건 내가 말한 양이 아니야. 숫양이네. 뿔이 있잖아."

나는 또다시 양을 그렸다. 이번에도 아니라는 대답이 돌아왔다.

"이 양은 너무 늙었어. 나는 오래오래 함께 살 양을 원해."

그때쯤 내 인내심이 바닥났다. 어서 비행기 엔진을 분해하기 시작해야 하는데. 그래서 슥슥 이렇게 그려서 던져주며 말했다.

"이건 양이 사는 상자야. 네가 원하는 양은 그 안에 있어."

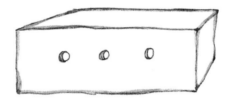

꼬마 재판관의 얼굴이 환해지는 걸 보고 나는 무척 놀랐다.

"내가 바라던 바로 그 양이야! 얘는 풀을 어마어마하게 많이 먹어?"

"왜 그런 걸 묻니?"

"내가 사는 곳은 모든 게 작거든."

"풀은 충분해." 내가 말했다. "내가 그린 양은 아주 작거든."

그는 고개를 숙여 그림을 보았다.

"그렇게 작지 않아…… 봐! 양이 막 잠들었어!"

나와 어린 왕자는 그렇게 처음 만났다.

3

어린 왕자가 어디에서 왔는지 이해하기까지 시간이 꽤 걸렸다. 그는 내게 수없이 질문을 던졌지만 내 질문은 듣지 않는 것 같았다. 그의 비밀에 차츰차츰 다가간 것은 대화 중에 우연히 나온 말들 덕분이었다. 어린 왕자는 처음으로 내 비행기를 보았을 때(비행기는 그리지 않기로 한다. 내 실력에 비해 너무 복잡한 그림이다) 물었다.

"이 물건은 도대체 뭐야?"

"이건 물건이 아니야. 하늘을 나는 거란다. 비행기라고 해. 내 비행기."

내가 비행을 할 줄 안다는 걸 알려주며 꽤나 으쓱했다. 그가 소리쳤다.

"뭐? 아저씨 하늘에서 떨어졌구나!"

"그래." 나는 대단찮은 일인 것처럼 말했다.

"와! 진짜 신기하다!"

어린 왕자가 천진난만하게 웃음을 터트려서 나는 짜증이 치밀었다. 내가 겪은 고생을 진지하게 들어주길 원했던 것이다. 그때 어린 왕자가 말했다.

"아저씨도 하늘에서 왔구나! 어느 별이야?"

나는 순간적으로 그의 존재의 비밀을 알아낼 희미한 빛을 발견한 것 같았다. 그에게 불쑥 질문을 던졌다.

"너는 다른 별에서 왔다는 거니?"

어린 왕자는 대답하지 않았다. 내 비행기를 쳐다보며 부드럽게 고개를 끄덕이기만 했다.

"그래, 이걸 타고 아주 멀리서 오긴 힘들겠어……."

어린 왕자는 한동안 꿈을 꾸듯 생각에 잠겼다. 그는 주머니에서 양 그림을 꺼내 보물처럼 뚫어지게 쳐다보았다.

우연히 나온 '다른 별들'의 비밀을 더 알고 싶어 내가 얼마나 안달이 났겠는가. 나는 좀 더 자세한 이야기를 끌어내려고 애를 썼다.

"꼬마 친구, 넌 어디에서 왔니? '네가 사는 집'은 어디야? 내가 그려준 양을 어디로 데려갈 거니?"

한참을 곰곰이 생각하더니 그가 입을 열었다.

"아저씨가 준 상자의 좋은 점은, 밤이면 양이 쉬는 집이 된다는 거야."

"물론이지. 내 말을 잘 들으면 낮에 양을 묶을 수 있는 끈도 그려주마. 끈을 매어둘 말뚝도."

내 제안을 들은 어린 왕자는 꽤 충격을 받은 것 같았다.

"양을 묶어? 참 이상한 생각을 다 하네!"

"하지만 묶어놓지 않으면 양은 아무데나 다니니까 결국 잃어버릴지도 몰라."

내 친구는 다시 웃음을 터트렸다.

"양이 어딜 간다는 거야?"

"어디든 갈 수 있지. 곧장 앞으로 직진해버리니까……."

그러자 어린 왕자가 진지하게 말했다.

"필요 없어. 우리 별은 진짜 작거든!" 그는 살짝 슬픈 말투로 덧붙였다. "너무 작아서 직진할 수도 없어."

4

그렇게 나는 굉장히 중요한 두 번째 사실을 알게 되었다. 어린 왕자의 고향별이 집 한 채보다 조금 큰 정도라는 것이다!

하지만 크게 놀라진 않았다. 우리가 이름을 붙여준 지구와 목성, 화성, 금성 같은 거대 행성 말고도 너무 작아서 망원경에 잡히지 않는 행성이 족히 수백 개는 된다는 걸 알고 있었다. 천문학자는 그중 하나를 발견하면 숫자로 이름을 붙인다. 예를 들면 '소행성325' 이런 식으로 부르는 것이다.

어린 왕자가 소행성 B612에서 왔다고 믿을 만한 합당한 이유가 있다. 그 소행성은 1909년 터키 천문학자의 망원경에 단 한 번 포착된 적이 있었다.

터키 천문학자는 국제 천문학회에서 그 행성의 존재를 증명해냈다. 하지만 그의 복장 때문에 아무도 그를 신뢰하지 않았다. 어른들은 늘 그런 식이다.

소행성 B612 위에 서 있는 어린 왕자

　터키의 한 독재자가 유럽식으로 옷을 입지 않으면 사형
에 처하겠노라는 명령을 내렸다. 소행성 B612의 명성을 생
각하면 다행스러운 일이었다. 결국 천문학자는 1920년에 우
아한 차림을 하고서 다시 발표를 했다. 이번에는 모두가 그
의 발표를 신뢰했다.

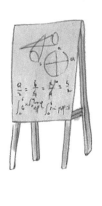

내가 당신에게 소행성 B612의 세부 사항을 이야기하며 행성 번호를 알려주는 이유도 다 어른들 때문이다. 어른들은 숫자를 좋아한다. 그들 앞에서 새로 사귄 친구 이야기를 꺼내도 그들은 중요한 본질에 대해서는 결코 질문할 줄 모른다. "그 아이 목소리는 어떠니? 그 애가 가장 좋아하는 놀이는 뭐지? 그 애도 나비를 수집하니?" 이런 질문을 하는 어른은 없다.

어른들은 이렇게 묻는다. "그 애는 몇 살이니? 형제는 몇 명이고? 몸무게는 몇 킬로그램이지? 아버지 수입은 얼마나 되니?" 그런 사실들을 알아야 그 아이를 제대로 안다고 생각한다. 어른들에게 "아름다운 장미색 벽돌집을 봤어요. 창문에는 제라늄 화분이 놓여 있고 지붕에는 비둘기들이 앉아 있고요……" 하고 말해보라. 그들은 그 집이 어떻게 생겼는지 결코 상상하지 못할 것이다. 이렇게 말하면 효과가 있다. "10만 프랑짜리 저택을 봤어요." 그러면 그들은 "정말 멋지겠구나!" 하고 소리칠 것이다.

"어린 왕자가 있었다는 증거는요, 그 애가 둘도 없이 매력적이었고, 환하게 웃었고, 양을 갖고 싶어 했다는 거예요. 누군가 양을 원한다는 건 그 사람이 존재한다는 증거잖아요." 이 말을 들은 어른들은 그저 어깨를 으쓱하고 당신을 어린애 취급할 것이다. 그러니 이렇게 말해보라. "어린 왕자의 고향은 소행성 B612예요." 어른들은 바로 납득하고는, 질문을 던져 당신을 괴롭히지 않을 것이다. 어른들은 원래 그런

식이다. 원망할 것도 없다. 아이들은 어른들에게 관대해야 한다.

확실한 건, 인생이 어떤 것인지 이해하는 사람들에게 숫자 따위는 가소로울 것이다! 나는 이 이야기를 동화처럼 시작하는 편이 더 좋았을 것이다. 이렇게 말이다.

"옛날 옛적에 자기보다 조금 큰 소행성에 어린 왕자가 살았는데 그는 친구가 필요했다."

인생의 의미를 이해하는 사람들에게는 그 편이 훨씬 진실하게 읽힐 테니까. 그렇게 하지 않은 건, 내 책이 가벼운 이야기로 읽히길 원하지 않기 때문이다. 어린 왕자와의 추억을 이야기하면 나는 슬픔에 휩싸인다. 내 친구가 양을 데리고 떠나버린 지도 벌써 6년이나 흘렀다. 지금 여기에서 그 아이를 그려보려고 애쓰는 것은 그를 잊지 않기 위해서다. 친구를 잊는 것은 슬픈 일이지 않은가. 모두가 그런 친구를 가질 수 있는 것도 아니고. 나 역시 숫자와 자기 자신만 아는 어른이 되어버릴 수도 있었다.

그렇게 되지 않으려고 나는 그림물감과 연필을 샀다. 여섯 살 때 속이 보이는 보아뱀과 안 보이는 보아뱀을 그린 게 전부면서 지금 이 나이에 다시 그림을 그린다는 게 얼마나 힘든 일인지 알 것이다. 가능한 한 어린 왕자와 닮은 초상화를 그리려고 최선을 다하겠지만, 잘해낼 자신은 없다. 어떤 그림은 괜찮지만 어떤 그림은 전혀 비슷하지 않다. 어린 왕자의 키부터가 살짝 틀린 것 같다. 이 그림에서는 너무 키가

크고 저 그림에서는 또 너무 작다. 어린 왕자의 옷 색깔도 오락가락한다. 이렇게도 그렸다가 저렇게도 그렸다가 기억을 더듬어갈 뿐이다. 아주 중요한 세부 사항들도 결국 잘못 기억하고 실수할지도 모른다. 그렇더라도 나를 이해해달라. 내 친구는 좀처럼 설명을 하지 않았다. 아마도 자기와 비슷하게 그려줄 거라고 나를 믿고 있었으리라. 하지만 나는 안타깝게도 상자 속에 들어 있는 양을 보는 법을 알지 못한다. 어느 정도는 다른 어른들과 비슷해졌기 때문이다. 분명 나이를 먹은 것이리라.

5

나는 어린 왕자의 소행성과 그곳을 떠나온 일, 그리고 그의 여행에 대해 날마다 조금씩 알아갔다. 열심히 궁리하고 우연이 더해지며 아주 자연스럽게 그렇게 되었다. 바오바브나무의 비극을 알게 된 건 사흘째 되던 날이었다.

이번에도 역시 양 덕분이었다. 어린 왕자는 심각하게 의심스럽다는 듯 불쑥 물었다.

"근데 양이 진짜 작은 떨기나무를 먹어?"

"응. 사실이야."

"아, 잘됐다!"

양이 작은 떨기나무를 먹는 게 왜 그렇게 중요한지 알수 없었다. 어린 왕자는 또 물었다.

"그러면 양은 바오바브나무도 먹겠네?"

나는 그에게 바오바브나무는 작은 떨기나무가 아니라

교회만큼 큰 나무다, 코끼리 한 무리가 와도 바오바브나무
한 그루를 다 먹어치울 수 없다고 분명히 알려주었다.

코끼리 한 무리를 떠올린 어린 왕자가 웃음을 터트렸다.

"코끼리 위에 코끼리를 얹어놓아야 할지도 몰라."

어린 왕자는 똑똑하게 이런 지적도 했다.

"바오바브나무도 큰 나무가 되기 전엔 조그만 나무였겠지."

"맞아. 그런데 네 양이 어린 바오바브나무를 먹어야 하는 이유라도 있어?"

"흠! 생각해봐!"

어린 왕자는 다 아는 것을 묻는다는 투로 대답했다. 나는 그 문제를 혼자 이해해보려고 꽤나 머리를 쥐어짰다.

어린 왕자의 별에도 다른 별들처럼 좋은 풀과 나쁜 풀이 같이 자랐다. 좋은 풀로 자라는 좋은 씨앗, 나쁜 풀로 자라는 나쁜 씨앗이 있었다. 씨앗은 겉에서는 보이지 않는 법이다. 땅 밑에 숨어 잠자던 씨앗 하나가 일어나고 싶다는 욕망을 품는다. 씨앗은 기지개를 켜고서 태양을 향해 수줍게 아름답고 소박한 가지를 내민다. 작은 무나 장미나무 잔가지라면 마음껏 자라게 두겠지만, 나쁜 식물의 싹은 발견하는 즉시 뽑아야 한다.

어린 왕자의 별에도 물론 나쁜 씨앗들이 있었다. 바로 바오바브나무 씨앗이었다. 그의 별은 바오바브나무 씨앗 때문에 황폐해졌다. 바오바브나무는 조금만 늦게 손을 써도 평생 처치 곤란이 된다. 별 전체를 뒤덮어버리고 땅속 깊숙한 곳까지 뿌리내리기 때문이다. 별의 면적에 비해 바오바브나무 수가 너무 많아지면 결국 별은 터져버린다.

"그건 규율의 문제야." 나중에 어린 왕자가 내게 말해주었다. "아침에 세수를 마치면 별도 구석구석 정성스럽게 닦아줘야 해. 어린 바오바브나무는 장미나무와 비슷하게 생겼거든. 바오바브나무인 게 구분이 되면 규칙적으로 뽑아줘야 해. 무척 지루해도 쉬운 작업이야."

어느 날 그는 지구의 어린이들이 바오바브나무의 위험을 인지하도록 나에게 멋진 그림을 하나 그려보라고 했다.

"언젠가 어린이들이 여행을 떠날 때 그 그림은 무척 유익할 거야. 일은 가끔 미루어도 괜찮아. 하지만 바오바브나무는 말이지, 항상 골칫거리거든. 한번은 어느 게으름뱅이가 사는 별에 간 적이 있어. 그 사람은 떨기나무 세 그루를 대수롭지 않게 여겼다가……."

어린 왕자가 알려준 대로 나는 그 게으름뱅이가 사는 별을 그렸다. 원래 나는 사람들에게 훈계하는 걸 좋아하지 않는다. 하지만 바오바브나무의 위험은 거의 알려지지 않았고, 별에서 길을 잃고 겪는 위험도 무시할 수 없어서 이번만 조심스럽게 예외를 두겠다. 이 자리에서 말해둔다.

"어린이들아! 바오바브나무를 조심하렴!"

나는 나처럼 오랫동안 바오바브나무의 위험을 알지 못하고 지나쳐온 내 친구들에게 경고하기 위해 공들여 그림을 그렸다. 내 교훈은 배울 만한 가치가 있다. 당신은 이 책을 읽으며 이런 의문을 가질지도 모르겠다. 왜 바오바브나무 그림만큼 큰 다른 그림은 안 나오지? 대답은 아주 간단하다. 그리려고 시도는 했지만 잘 그리지 못했다. 바오바브나무를 그릴 때는 어서 빨리 위험을 알려야 한다는 마음에 내가 꽤나 기운이 넘쳤던 것이다.

6

아! 어린 왕자, 너의 단순하고 적적한 삶에 대해 나는 조금씩 알아갔지. 오랫동안 너에겐 지는 해를 감상하는 것 말고는 즐거운 일이 없었던 거야.

나흘째 되는 아침 네 말을 듣고서 나는 새로운 사실을 알았다.

"나는 해 지는 걸 보는 게 좋아. 함께 보러 가자."

"그럼 기다려야지."

"뭘 기다려?"

"태양이 넘어가기를 기다리지."

너는 깜짝 놀란 표정을 짓다가, 스스로도 어이가 없었던지 웃음을 터트렸다. 그리고 내게 말했다.

"내가 우리 별에 있다고 생각했어!"

그 말은 사실이었다. 누구나 알다시피 미국이 정오일 때

프랑스는 해가 진다. 지는 해를 보려면 재빨리 프랑스로 가면 된다. 안타깝게도 프랑스가 너무 멀긴 하지만. 그런데 네 조그마한 별에서는 의자를 조금 옆으로 옮기기만 해도 가능하다. 어스름한 석양빛이 보고 싶어질 때마다 너는 그렇게 했겠지.

"어느 날은 태양이 지는 걸 마흔네 번이나 본 적도 있어!"

조금 있다가 너는 이렇게 덧붙였다.

"있잖아, 사람은 너무 슬플 때 해 지는 걸 보고 싶거든……."

"태양이 지는 걸 마흔네 번이나 본 날 그렇게 슬펐던 거야?"

어린 왕자는 내 질문에 대답하지 않았다.

7

닷새째 되던 날, 이번에도 양 덕분에 나는 어린 왕자의 인생의 비밀에 다가가게 되었다. 그가 내게 불쑥 물었다. 오래도록 조용히 고민해온 문제의 답을 찾은 것처럼 느닷없었다.

"양이 떨기나무를 먹는다고 했잖아! 그럼 꽃도 먹어?"

"양은 앞에 있는 건 뭐든 다 먹어."

"가시 있는 꽃도?"

"그래. 가시가 있어도 먹어."

"그럼 꽃의 가시가 무슨 소용이 있어?"

나도 답을 알지 못하는 질문이었다. 게다가 나는 너무 꽉 조여 있는 엔진 볼트를 해체하느라 정신이 없었다. 비행기 고장이 꽤 심각한 것으로 드러난 데다 물도 바닥나고 있었다. 최악의 상황을 상상하니 두려웠고 고민이 깊었다.

"꽃의 가시가 무슨 소용이 있는 거야?"

어린 왕자는 질문을 한번 던지면 멈추는 법이 없었다. 나는 볼트 때문에 신경이 날카로워져서 되는대로 말했다.

"가시는 아무 소용도 없어. 그냥 꽃이 심술을 부리는 거지."

"아!"

잠시 침묵을 지키던 어린 왕자가 분하다는 듯 말을 던졌다.

"아저씨 말을 못 믿겠어! 꽃은 약하잖아. 순진하고. 꽃도 가능한 한 안심하고 싶은 거야. 가시가 있으면 꽃도 힘들다고."

나는 대답하지 않았다. 그 순간 속으로 이런 생각을 하고 있었다.

'볼트가 계속 말썽을 부리면 망치로 부숴버려야겠어.'

어린 왕자가 다시 내 생각을 방해했다.

"아저씨 생각엔, 그러니까, 꽃이⋯⋯."

"아니, 아니야! 난 아무것도 몰라! 그냥 아무 말이나 한 거야. 내가, 지금 중요한 일이 있어서, 바빠서!"

그는 얼이 빠진 표정으로 나를 쳐다보았다.

"중요한 일?"

어린 왕자는 나를 보고 있었다. 손가락에 더러운 기름 때를 묻힌 채 망치를 들고서 추하게 생긴 물건에 기대 있는 나를.

"아저씨도 어른들처럼 말하네."

그 말을 듣자 나는 살짝 부끄러워졌다. 어린 왕자가 냉정하게 덧붙였다.

"아저씨는 단단히 헷갈리고 있어, 완전히 엉망진창이라고!"

그는 진심으로 화가 나 있었다. 바람결에 황금빛 머리칼이 흔들렸다.

"내가 갔던 어느 별에 얼굴이 빨간 아저씨가 있었어. 그 아저씨는 꽃향기를 한 번도 맡아보지 못했대. 별을 바라본 적도 없고. 사랑하는 사람도 없었어. 계산 말고는 해본 게 없었어. 하루 종일 그는 아저씨처럼 말했어. '나는 중요한 일을 하는 사람이다! 진지한 사람이야!' 얼마나 잘난 척을 했는지 몰라. 그런데 그는 사람이 아니야, 버섯이지!"

"뭐라고?"

"버섯이라고!"

어린 왕자는 화가 나다 못해 얼굴이 새하얗게 질렸다.

"꽃들이 가시를 만들어온 지 수백만 년이 되었어. 양들이 꽃을 먹은 것도 수백만 년이 되었고. 아무 소용도 없는 가시를 만들어내려고 꽃들이 그렇게나 고생하는데, 왜 그러는 건지 이해하려고 하는 게 중요한 일이 아니야? 양과 꽃의 전쟁이 중요하지 않아? 얼굴이 빨간 뚱보 아저씨의 덧셈보다 더 중대하고 중요한 일이 아니야? 우리 별에는 세상 어디에도 없는 단 하나뿐인 꽃이 있어. 어느 아침, 작은 양 한 마리가 무슨 짓을 저지르는지도 모르고 단번에 그 꽃을 먹어버려도 그게 중요하지 않다는 말이야?"

어린 왕자는 얼굴이 시뻘게져서 계속 말했다.

"만일 누군가 수백만 개의 별 가운데 단 하나밖에 없는 꽃을 사랑한다고 해봐. 그는 별들을 쳐다보기만 해도 행복할 거야. 이렇게 생각하겠지. '내 꽃이 저기 어딘가 있어.' 양이 꽃을 먹어버리면 그는 모든 별들이 일순간 자취를 감춰버린 느낌을 받겠지. 그런데 그게 중요하지 않은 일이야?"

어린 왕자는 더 말을 잇지 못했다. 그는 감정이 복받친 듯 울음을 터트렸다.

어느 새 밤이 내려와 있었다. 나는 연장을 내려놓았다. 내 망치와 볼트, 목마름과 죽음은 그 순간 조금도 중요하지 않았다. 어느 별, 어느 행성, 내 별인 지구 위에 내가 위로해줘야 할 어린 왕자가 있었다! 나는 팔을 벌려 그를 안아주었다. 그를 품에 안고 흔들어 달래주었다. 이렇게 말해주었다.

"네가 사랑하는 꽃은 위험하지 않아. 양의 입에 씌울 부리망을 그려줄게. 네 꽃을 위해 보호용 덮개도 그려줄게. 내가……."

더 뭐라고 말해야 할지 도무지 알 수 없었다. 내가 제대로 하고 있지 못하다는 느낌이 들었다. 어떻게 그의 마음에 가닿아서 그를 되찾아올 수 있는지 알 수 없었다. 눈물의 나라는 이다지도 알 수 없는 곳이다!

8

나는 그 꽃에 대해 빠른 속도로 알아갔다. 어린 왕자의 별에는 언제나 아주 소박한 꽃들이 피어 있었다. 하나의 꽃잎을 가진 꽃들은 자리도 거의 차지하지 않았고 누군가의 마음을 뒤흔들지도 못했다. 어느 아침 잡초 사이에 모습을 드러냈다가 저녁이면 시들 뿐이었다.

그러던 어느 날, 어딘지 모를 곳에서 날아온 씨앗에서 싹이 움텄고, 어린 왕자는 다른 꽃들과 전혀 다른 그 작은 가지를 바로 곁에서 내내 지켜보았다. 새로운 종류의 바오바브나무인 것 같았다. 그런데 작은 떨기나무는 곧 성장을 멈추더니 꽃을 피울 준비를 하기 시작했다. 커다란 꽃망울을 본 어린 왕자는 그 안에서 기적이 피어나리라는 걸 감지했지만, 꽃은 녹색 방에 숨어 아름답게 단장하기를 그치지 않았다. 꽃은 정성스레 색깔을 골랐다. 천천히 옷을 입고는 꽃잎들을 매만졌다. 양귀비처럼 구질구질한 모습으로 밖에 나오긴 싫었다. 자신의 아름다움이 최고조에 달했을 때 바로 그때 나오려고 했던 것이다. 그래, 그렇다. 무척이나 멋을 부리는 꽃이었다! 영문을 알 수 없는 단장은 그런 식으로 며칠간 계속되었다. 그러더니 어느 아침 동이 틀 무렵, 꽃이 얼굴을 내밀었다.

너무 꼼꼼하게 일을 한 탓인지 꽃은 하품을 했다.

"아! 겨우 일어났어. 이해해줘, 머리를 매만지지 못했거든."

어린 왕자의 입에서 감탄이 터져나왔다.

"너는 정말 아름다워!"

"그렇지? 난 태양과 같은 날 태어났으니까."

어린 왕자는 꽃이 겸손한 성격이 아니라는 걸 알아차렸다. 하지만 이렇게나 감동을 주지 않은가!

"아침 먹을 시간 같은데." 꽃은 바로 이렇게 덧붙였다. "내게 친절을 베풀 생각은 있는 거지?"

어린 왕자는 적잖이 당황했지만 신선한 물이 든 물뿌리개를 찾아서 꽃에게 뿌려주었다.

장미의 다소 까다로운 허영심은 어린 왕자를 힘들게 했다. 예를 들어 어느 날은 어린 왕자에게 가시 네 개를 보이면서 말했다.

"호랑이들이 발톱을 세우고 오면 어떡해!"

"우리 별에는 호랑이가 없어. 호랑이는 풀을 먹지도 않고."

"난 풀이 아니야."

장미가 나직하게 반박했다.

"미안해."

"호랑이 발톱은 무섭지 않지만 바람은 진짜 싫어. 바람막이 같은 거 없을까?"

'바람을 싫어하는 꽃이라. 운이 없는 식물이네. 이 꽃은 꽤나 까다롭구나.'

"저녁엔 유리덮개를 씌워줘. 너희 별은 너무 추워. 환경이 안 좋네. 내가 온 별은……."

그러다 장미는 말을 멈췄다. 자신은 작은 씨앗 형태로 이 별에 온 것이다. 다른 세계를 경험해본 적이 없었다. 장미는 뻔한 거짓말을 내뱉고 제풀에 놀라더니, 부끄러웠던지 두세 번 기침을 하며 어린 왕자에게 잘못을 떠넘겼다.

"바람막이는 어떻게 됐어?"

"찾으러 가려고 했어. 그런데 네가 말을 걸어서……."

장미는 어린 왕자를 후회하도록 만들려고 억지로 기침을 해댔다.

어린 왕자는 장미를 사랑하고 아끼면서도 곧 장미를 의심하기 시작했다. 그는 장미의 입에서 나온 별로 중요하지도 않은 단어를 심각하게 받아들였고 아주 불행해졌다.

"장미의 말을 듣지 않았더라면 좋았을걸."

어느 날 어린 왕자가 내게 털어놓았다.

"꽃들의 말을 들어서는 절대 안 돼. 꽃은 그냥 바라보며 향기를 맡으면 돼. 장미는 내 별을 향기로 채워주었는데 난 그걸 즐기는 법을 알지 못했어. 발톱 이야기를 들을 땐 진짜 짜증이 났거든. 불쌍하게 생각할 수도 있었는데……."

어린 왕자는 연신 속내를 털어놓았다.

"나는 장미를 전혀 이해하지 못했어. 장미의 말이 아니라 행동으로 판단했어야 했는데. 장미는 내게 향기를 선물하고 내 삶을 눈부시게 밝혀주었는데. 그렇게 도망쳐 오는 게 아니었어! 딱한 거짓말 뒤에 숨겨진 장미의 마음을 알아차렸어야 했는데. 꽃들은 모순투성이야! 난 너무 어려서 장미를 사랑할 줄 몰랐던 거야."

9

어린 왕자는 자기 별을 떠나기 위해 이동하는 철새들을 이용했던 것 같다. 출발하는 날 아침, 그는 별을 말끔히 정돈했다. 우선 활화산을 정성껏 청소했다. 어린 왕자에게는 활화산이 두 개 있었는데 아침식사를 데우기에 제격이었다. 그는 휴화산도 가지고 있었다. 어린 왕자는 종종 이렇게 말했다. "어떻게 될지 모르잖아!" 어린 왕자는 휴화산도 똑같이 청소해주었다. 청소를 잘해주면 화산은 천천히 규칙적으로 끓어오르긴 해도 폭발하지는 않았다. 화산 폭발은 굴뚝에서 불이 나는 원리와 비슷하다. 지구에 있는 우리는 너무 작아서 화산을 청소할 수가 없다. 그래서 화산이 자주 문제를 일으키는 것이다.

살짝 울적해진 어린 왕자는 막 올라온 바오바브나무들의 뿌리를 뽑아냈다. 그는 이 별에 다시는 돌아오지 못할 거

어린 왕자는 정성스럽게 활화산을 청소했다.

라 생각하고 있었다. 익숙한 모든 일들이 그날 아침에는 이상하게도 마음을 건드렸다. 어린 왕자는 마지막으로 장미에게 물을 준 다음, 유리덮개를 씌우려고 하다가 울음이 터질 것만 같았다.

"잘 있어."

어린 왕자가 장미에게 말했다.

장미는 대답하지 않았다.

"잘 있어."

그가 다시 한번 인사했다.

장미는 기침을 했다. 감기에 걸려서는 아니었다.

이윽고 장미가 입을 열었다.

"내가 바보였어. 미안해. 행복하렴."

어린 왕자는 장미가 자기를 비난할 거라고 생각했기 때문에 적잖이 놀랐다. 그는 유리덮개를 들고 멍하니 있었다. 장미가 평온하고 부드러운 태도로 나오는 걸 이해할 수 없었다.

장미가 말했다.

"그래! 난 널 사랑해. 넌 몰랐겠지. 내 잘못이야. 이제 중요하지 않아. 그런데 너도 나만큼이나 바보였어. 행복하렴……. 유리덮개는 그냥 둬. 필요하지 않으니까."

"하지만 바람이……."

"난 그렇게 쉽게 감기에 걸리지 않아. 신선한 밤공기는 내게 좋을 거야. 꽃이니까."

"하지만 짐승들이……."

"나비와 알고 지내려면 애벌레 두세 개는 견뎌야겠지. 나비는 정말이지 아름다운 것 같아. 그러지 않으면 누가 날 찾아오겠어? 넌…… 너는 멀리 있는데. 큰 짐승은 무서울 것 없어. 나도 발톱이 있잖아."

장미는 자신의 가시 네 개를 보여주었다. 그러더니 말을 이었다.

"그렇게 우물쭈물하지 마. 더 힘들어. 떠나기로 결심했잖아. 이제 가봐."

장미는 어린 왕자에게 우는 모습을 보이길 원하지 않았다. 그 정도로 자존심이 센 장미였다.

10

어린 왕자의 별은 소행성 325, 326, 327, 328, 329, 330과 같은 구역에 있었다. 그는 일도 찾고 경험도 넓히고 싶어서 우선 그곳들을 방문했다.

첫 번째 별에는 왕이 살고 있었다. 그는 주홍색 천과 흰색 담비가죽으로 만든 옷을 입고 단순하지만 위엄 있는 왕좌에 앉아 있었다.

"아! 내 백성이 왔구나!"

왕은 어린 왕자를 발견하자 소리쳤다.

어린 왕자는 속으로 생각했다.

'저 사람은 나를 본 적도 없는데 어떻게 알아본 거지?'

왕들이 보는 세계는 아주 단순하다는 걸 어린 왕자는 몰랐다. 왕들은 누구를 보든 다 자기 신하나 백성이라고 생각한다.

"얼굴이 잘 보이도록 가까이 오너라."

왕은 마침내 누군가의 왕 노릇을 하게 되어 적잖이 자랑스러운 태도로 말했다.

어린 왕자는 두리번거리며 앉을 곳을 찾았지만, 행성 전체가 왕의 흰 담비가죽 망토로 뒤덮여 있었다. 어린 왕자는 서 있을 수밖에 없었고, 피로에 지쳐 하품을 했다.

"왕의 앞에서 하품을 하는 행위는 예법상 금지되어 있다. 하품을 금지하노라."

왕이 말했다.

"하품을 멈출 수 없어요." 어린 왕자가 당황해서 말했다. "오래 여행을 하느라 잠을 못 잤거든요."

"그렇다면, 하품하는 걸 허하노라. 몇 년간 사람들이 하품하는 걸 본 적이 없다. 하품은 꽤 궁금한 것이지. 자, 다시 하품을 하라! 명령이다!"

"그러면 주눅이 들어요. 하품을 못 해요."

어린 왕자는 얼굴이 빨개져서 말했다.

"흠! 흠! 그렇다면, 어떤 때는 하품을 하되 어떤 때는……."

왕이 불분명하게 웅얼거렸는데 화가 난 것 같았다.

왕은 자기 권위를 존중받는 데 집착하는 면이 있었다. 그는 불복종을 참지 못했다. 그는 절대군주였다. 하지만 마음씨는 착했기 때문에 합리적인 명령을 내렸다.

"만일 내가 명령을 내리면, 예를 들어 어느 장군에게 바닷새로 변신하라고 명령한다면, 장군이 내 말을 따르지 못한 다 해도 그의 잘못이 아니지. 내 잘못인 것이다."

왕은 자주 이런 말을 했다.

"앉아도 될까요?"

어린 왕자가 소심하게 물었다.

"앉기를 허하노라."

왕은 대답하고 나서 흰 담비가죽 망토 자락을 위엄 있게 몸 쪽으로 당겼다.

어린 왕자는 놀랄 수밖에 없었다. 별의 크기가 너무 작 았던 것이다. 왕은 도대체 무엇을 다스리고 있는 걸까?

"폐하, 질문을 드려도 괜찮을까요?"

어린 왕자가 물었다.

"질문을 허하노라."

왕이 다급히 말했다.

"폐하, 여기서 무엇을 다스리세요?"

"전부."

왕이 아주 단순하게 대답했다.

"전부요?"

왕은 조심스러운 몸짓으로 자기 별과 다른 별들, 그리고 항성들을 가리켰다.

"저걸 다요?"

어린 왕자가 물었다.

"전부 다……"

왕이 대답했다. 왕은 절대군주일 뿐 아니라 우주 전체를 다스리기 때문이라고 했다.

"그럼 별들도 폐하에게 복종하나요?"

"물론이다. 별들도 즉시 복종해. 나는 불복종을 허용하지 않거든."

그런 권력이 존재한다니! 어린 왕자는 깜짝 놀랐다. 만일 자신에게 그런 권력이 있다면 하루 동안 석양이 지는 걸 마흔네 번이 아니라 일흔두 번, 아니 어쩌면 백 번이나 이백 번도 볼 텐데. 의자의 방향을 바꾸지 않고도 말이다! 어린 왕자는 버려두고 온 작은 별이 떠올라서 조금 울적했기 때문에 용기를 내어 왕의 자비를 구했다.

"저는 해가 지는 걸 보고 싶어요. 제게 기쁨을 허락해주세요. 지금 해가 지도록 명령해주세요."

"내가 어느 장군에게 나비처럼 이 꽃에서 저 꽃으로 날아가라고 명령하거나, 문학가처럼 비극 작품을 쓰라고 명령하거나, 바닷새로 변하라고 명령한다고 해보자. 그가 그 명령을 받들지 못한다면 그와 나, 둘 중에서 누구의 잘못이 되겠는가?"

어린 왕자가 단호하게 말했다.

"폐하의 잘못이지요."

"네 말이 맞다. 각자 실행 가능한 명령을 내려야 한다. 권위는 우선 이성에 기반해야 한다. 내가 내 백성에게 바다에 뛰어들라고 명령한다면 혁명이 일어날 것이다. 내가 합리

적인 명령을 내릴 때만 백성에게 복종하라고 할 권리가 있
는 거지."

"해가 지는 건요?"

일단 질문한 건 결코 잊어버리지 않는 어린 왕자가 되물
었다.

"너는 해가 지는 걸 보게 될 거다. 내가 명령할 테니까.
단, 내 운영 원칙에 따라 조건이 무르익을 때까지 기다려야
한다."

"그게 언제인데요?"

어린 왕자가 캐물었다.

"흠! 흠!" 왕은 커다란 달력을 뒤적거렸다. "그건 그러
니까 대략…… 대략…… 오늘 저녁 7시 40분 정도가 되겠구
나! 그때 내 명령이 얼마나 잘 이루어지는지 보게 될 거다."

어린 왕자는 하품이 나왔다. 지금 당장 해가 지는 걸 보
지 못하다니 아쉬웠다. 벌써 지루해졌다.

"저는 이곳에서 더 할 일이 없는 것 같습니다. 떠나겠어
요."

어린 왕자가 말했다.

"떠나지 말라." 신하가 생겨서 무척 자랑스러움을 느끼
고 있던 왕이 대답했다. "떠나지 말라. 너를 대신으로 임명하
마!"

"무슨 대신이요?"

"음…… 법무대신!"

"하지만 여긴 재판 받을 사람이 없어요!"

"그건 모르는 일이지. 난 내 영토를 아직 다 돌아보지 못했다. 나는 너무 나이가 들었고, 여긴 사륜마차를 둘 공간이 여의치 않아. 걸어다니면 너무 피곤하거든."

어린 왕자는 행성 반대편으로 몸을 돌려 봤다.

"아! 제가 이미 다 봤는데요. 저쪽에도 아무도 없어요."

"그렇다면 너 자신을 재판하면 된다. 그게 가장 힘든 일이다만. 다른 사람을 판단하는 것보다 자기 자신을 판단하는 게 훨씬 어려운 일이지. 네가 자신을 판단할 수 있다면 그야말로 진정한 현자가 되는 것이다."

어린 왕자가 대답했다.

"저는 어디에 있든 스스로를 판단할 수 있어요. 꼭 여기 있을 필요가 없어요."

"흠! 흠! 내 별 어딘가에 늙은 들쥐가 살고 있는 것 같다. 밤에 쥐 우는 소리가 들려. 그 늙은 들쥐를 재판하라. 가끔 사형을 명해도 된다. 들쥐의 목숨은 네 재판에 달려 있다. 하지만 매번 특사를 내려 쥐를 아껴야 한다. 딱 한 마리밖에 없기 때문이다."

어린 왕자가 대답했다.

"저는 사형 집행을 좋아하지 않아요. 떠나는 게 좋겠어요."

"안 된다!"

어린 왕자는 떠날 채비를 마친 이상 왕을 더는 힘들게

하고 싶지 않았다

"폐하의 명령이 이행되길 원하신다면, 합당한 명령을 내려주셔야 해요. 예를 들어, 1분 내로 즉시 이곳을 떠나라고 명령하실 수 있어요. 상황이 무르익은 것처럼 보이면요."

왕은 아무 대꾸도 하지 않았다.

어린 왕자는 잠시 머뭇거리다가 한숨을 쉬며 출발했다.

"너를 대사로 임명하겠다!"

왕이 다급하게 소리쳤다. 엄중하고 권위 있는 표정이었다.

'어른들은 진짜 이상해.'

어린 왕자는 여행하는 동안 속으로 생각했다.

11

두 번째 별에는 허영꾼이 살고 있었다.

"아! 아! 드디어 나를 찬양해줄 사람이 오는군!"

멀리서 어린 왕자를 발견하자마자 허영꾼이 소리쳤다. 허영꾼에게 다른 사람이란 자신을 찬양해주는 사람에 지나지 않았다.

"안녕하세요? 이상한 모자를 쓰고 있네요."

"인사를 하기 위한 거란다. 내게 환호를 보내는 사람들에게 인사하기 위한 모자야. 불행히도 지금까지 이곳을 지나쳐간 사람이 없었지만."

"그래요?"

어린 왕자는 그가 하는 말을 이해할 수 없었다.

"손을 마주쳐보렴."

허영꾼이 충고했다.

어린 왕자는 두 손을 마주해서 박수를 쳤다. 허영꾼이 모자를 들어 올리더니 세련되게 인사했다.

'왕이 있던 별보다 더 재미있어.'

어린 왕자는 다시 박수를 쳤다. 허영꾼이 모자를 들어 올려 다시 인사했다. 5분 정도 똑같은 일을 하고 나니 어린 왕자는 단조로운 놀이에 지쳐버렸다.

"모자를 떨어뜨리게 하려면 어떻게 하죠?"

어린 왕자가 물었다. 하지만 허영꾼은 그 말을 듣지 않았다. 자신을 칭찬하는 말밖에 듣지 않는 사람이었다.

"넌 나를 진심으로 찬양하니?"

"'찬양한다'는 게 무슨 뜻이에요?"

"'찬양한다'는 건, 내가 이 별에서 가장 잘생기고 옷도 가장 잘 입고 제일 부유하고 똑똑한 사람이라는 걸 인정한다는 의미야."

"아저씨는 이 별에 혼자 살잖아요!"

"기분 좀 맞춰줘. 그냥 찬양해다오!"

어린 왕자는 어깨를 으쓱했다.

"아저씨를 찬양해요. 그런데 그게 왜 아저씨를 기쁘게 하는 건지 모르겠어요."

어린 왕자는 그곳을 떠났다.

'어른들은 분명 이상한 구석이 있어.'

어린 왕자는 여행하는 내내 그 생각만 했다.

12

다음 별에는 술주정뱅이가 살고 있었다. 이번 방문은 매우 짧았으나, 어린 왕자는 무척 우울해졌다.

"여기서 뭐하고 있어요?"

어린 왕자는 빈 술병과 새 술병이 쌓인 상자 앞에 조용히 앉아 있는 술주정뱅이를 발견하고 물었다.

"술을 마시고 있다."

술주정뱅이가 침울한 표정으로 대답했다.

"왜 술을 마셔요?"

"잊으려고."

"뭘 잊어요?"

어린 왕자는 이미 마음으로 그를 동정하면서 물었다.

"내가 부끄럽다는 사실."

술주정뱅이는 고개를 숙이며 고백했다.

"뭐가 부끄러운데요?"

어린 왕자는 간절히 그를 구해주고 싶다고 생각하며 자세히 물었다.

"술 마시는 게 부끄럽지!"

술주정뱅이는 단호한 침묵 속으로 들어가 나오지 않았다.

어린 왕자는 당황해서 그곳을 떠나야 했다.

'어른들은 진짜진짜 이상하구나!'

어린 왕자는 여행 내내 속으로 생각했다.

13

네 번째 별은 사업가의 별이었다. 이 남자는 너무 바빠서 어린 왕자가 도착했지만 고개도 들지 않았다.

"안녕하세요. 아저씨 담뱃불이 꺼졌어요."

"3 더하기 2는 5, 5 더하기 7은 12, 12 더하기 3은 15, 안녕, 15 더하기 7은 22, 22 더하기 6은 28, 담뱃불 붙일 시간도 없다, 26 더하기 5는 31, 휴우, 그럼 다해서 501,622,731개군."

"뭐가 5억 개예요?"

"응? 아직 안 갔어? 5억 1백만 개의…… 생각이 안 나네…… 일이 너무 많단 말이다! 난 중대한 일을 하는 중이고, 허튼 소리나 하며 장난칠 생각이 없다! 2 더하기 5는 7……."

"뭐가 5억 1백만 개 있어요?"

살면서 한번 질문한 건 결코 포기하지 않는 어린 왕자가 다시 물었다. 사업가가 고개를 들었다.

"내가 이 별에서 산 지 54년이 되었는데 그동안 누가 날 방해한 건 세 번밖에 없었지. 첫 번째는 22년 전, 어디서 떨어졌는지 모를 정체 모를 풍뎅이 한 마리. 끔찍한 소음을 내며 날아다니는 통에 나는 덧셈을 네 번이나 틀렸다. 두 번째는 11년 전 류머티즘 발작 때문이었고. 운동 부족이었어. 산책할 시간이라고는 없었으니까. 나는 말이지, 중대한 일을 하는 사람이거든. 세 번째는, 바로 지금이다! 5억 1백만……."

"뭐가 수백만 개나 있어요?"

사업가는 조용한 분위기는 물 건너갔다는 걸 깨달았다.

"간혹 하늘에 보이는 작은 것들."

"파리요?"

"아니, 반짝이는 작은 것들 말이다."

"꿀벌요?"

"아니! 금빛으로 빛나는 것들 있잖아, 게으름뱅이들은 보고 몽상에 젖는 것들. 하지만 난 중대한 일을 하는 사람이다! 꿈 같은 건 꿀 시간도 없어."

"아! 그럼 별인가요?"

"맞다. 별들의 수야."

"그럼 5억 개의 별을 갖고 뭘 해요?"

"501,622,731개다. 나는 중대한 일을 하는 사람이야. 나는 말이지, 정확한 사람이란다."

"그래서 그 별로 뭘 하는데요?"

"내가 뭘 하느냐고?"

"네."

"아무것도 안 해. 별을 소유하는 거지."

"별을 소유한다고요?"

"그렇다."

"하지만 제가 만났던 왕은……."

"왕은 소유하는 사람이 아니야. '다스리는' 사람이지. 매우 다르단다."

"그럼 별들을 소유해서 뭐에 쓰나요?"

"부자가 될 수 있어."

"부자가 되어서 뭘 하는데요?"

"다른 별들을 사는 거지. 누군가 별을 발견할 때마다."

'술주정뱅이 아저씨의 말과 비슷한 논리야.'

어린 왕자는 속으로 생각했다. 그러나 어린 왕자는 질문을 멈추지 않았다.

"별은 어떻게 소유해요?"

"그 별이 누구 것이지?"

사업가는 불만 섞인 표정으로 응수했다.

"몰라요. 주인 없는 별요."

"그럼 그 별들은 내 거야. 내가 처음으로 그 생각을 했으니까."

"생각만 하면 되는 거예요?"

"그럼. 네가 주인 없는 다이아몬드를 발견하면 그건 네 거란다. 주인 없는 섬을 발견해도 네 것이지. 네가 처음으로 어떤 아이디어를 떠올려서 특허를 내면 네 것이 된단다. 나보다 먼저 별을 소유하겠다는 생각을 한 사람이 없었으니까 별들은 내 소유야."

"맞는 말이에요. 그런데 그 별로 뭘 하나요?"

"별을 관리하는 거지. 별을 세고 다시 세고. 어려운 작업이야. 하지만 나는 중요한 사람이니까!"

어린 왕자는 아직 만족스러운 대답을 듣지 못했다.

"나는요, 머플러가 있으면 목에 두르고 다녀요. 꽃이 생기면 꽃을 따서 가지고 다니고요. 그런데 아저씨는 별을 딸수도 없잖아요!"

"그렇지, 하지만 은행에 넣어둘 수는 있다."

"무슨 말이에요?"

"내 별의 번호를 작은 종이에 적어둔다는 말이지. 그리고 서랍 속에 그 종이를 넣고 자물쇠를 채워 잠그는 거야."

"그게 끝이에요?"

"그거면 됐지!"

'재미있네. 시 같기도 하고. 하지만 진지한 일은 아냐.'

어린 왕자는 진지한 일에 대해 어른들과 생각이 아주 달랐다.

"나는 꽃이 한 송이 있는데 매일 물을 줘요. 화산도 세 개 있는데 매주 청소를 해주고요. 휴화산까지도요. 그러면 내 화산들에게 도움이 되거든요. 꽃에게도 도움이 되고. 하지만 아저씨는 별에게 아무 도움이 안 되잖아요."

사업가는 대꾸하려고 입을 벌렸으나 할 말을 찾지 못했다. 어린 왕자는 그 별을 떠났다.

'어른들은 진짜 말도 안 되게 이상한 사람들이야.'

어린 왕자는 여행 내내 그 생각만 했다.

14

다섯 번째 별은 무척이나 호기심을 불러일으키는 곳이었다. 지금까지 방문한 별 중에서 크기는 가장 작았다. 가로등 하나와 가로등 켜는 사람이 살 만한 공간이 다였다. 어린 왕자는 천체 어디쯤 위치한, 집도 없고 사람도 살지 않는 이런 별에 가로등과 가로등 켜는 사람이 왜 필요한지 알 수 없었다. 하지만 속으로 생각했다.

'이 사람은 너무 엉뚱해. 그래도 왕이나 허영꾼, 사업가, 술주정뱅이보다는 이상하지 않아. 이 사람이 하는 일은 적어도 의미가 있잖아. 그가 가로등을 켜면 별 하나, 꽃 한 송이가 태어나는 거니까. 그가 가로등을 끄면 꽃이나 별은 잠이 들고. 진짜 멋있는 직업이야. 멋있다는 건 정말 유익한 거야.'

어린 왕자는 별에 도착하자 가로등 켜는 사람에게 정중

"나는 지독하게 힘든 일을 하고 있단다."

히 인사했다.

"안녕하세요? 방금 왜 가로등을 끈 건가요?"

가로등 켜는 사람이 말했다.

"명령이니까. 안녕."

"명령이 뭐예요?"

"내가 맡은 가로등을 끄는 거지. 잘 있어."

그는 다시 불을 켰다.

"왜 방금 불을 다시 켰어요?"

그가 대답했다.

"명령이야."

"이해가 안 돼요."

가로등 켜는 사람이 말했다.

"이해할 것도 없어. 명령은 그냥 명령이니까. 안녕."

그가 다시 가로등을 껐다. 그러고 나서 붉은 체크무늬 손수건으로 이마를 닦았다.

"나는 지독하게 힘든 일을 하고 있단다. 옛날에는 합리적인 일이었지. 아침에 불을 끄고 저녁이 되면 불을 켰거든. 낮에 일이 없을 때 쉬었고, 밤에는 잘 수 있었어."

"그런데 최근에 명령이 바뀌었나요?"

가로등 켜는 사람이 말했다.

"명령은 그대로야. 그게 비극이지! 해마다 별이 점점 빠른 속도로 돌고 있는데 명령은 그대로라니!"

"그래서요?"

"별이 1분에 한 번씩 돌고 있어서 쉴 틈이 없어. 1분에 한 번씩 가로등을 켰다가 끄거든."

"이상하네요! 아저씨네 별에선 낮이 1분이라니."

가로등 켜는 사람이 말했다.

"이상할 것도 없어. 방금 우리가 말하는 사이 한 달이 흘렀단다."

"한 달이라고요?"

"그래. 30분이 흘렀으니까, 그건 30일에 해당해. 잘 있어."

그는 가로등을 다시 켰다.

어린 왕자는 그를 쳐다보았다. 명령을 성실하게 지키려고 하는 그가 마음에 들었다. 어린 왕자는 고향별에서 지는 해를 보려고 의자 방향을 돌리던 걸 떠올렸다. 그는 친구를 돕고 싶었다.

"음, 아저씨가 원한다면 쉴 수 있는 방법이 있어요."

가로등 켜는 사람이 대답했다.

"언제나 원하고 있지."

사람은 명령을 성실히 따르면서도 동시에 여유를 부릴 수 있다. 어린 왕자가 말을 이었다.

"아저씨네 행성은 작아서 세 걸음만 걸으면 다 돌아볼 수 있잖아요. 천천히 걷기만 하면 늘 태양이 떠 있는 쪽에 있을 수 있어요. 쉬고 싶을 때 걸어가면 되는 거예요. 그러면 아저씨가 원하는 만큼 해가 떨어지지 않을 거예요."

가로등 켜는 사람이 말했다.

"그건 별 도움이 안 되는구나. 내 인생에서 원하는 건 잠을 자는 거야."

"할 수 없네요."

"할 수 없지. 안녕."

그가 가로등을 껐다.

어린 왕자는 더 먼 곳으로 떠나며 생각했다.

'저 사람은 다른 사람들, 왕이나 허영꾼, 술주정뱅이, 사업가 모두의 비웃음을 사겠구나. 그래도 내가 보기엔 유일하게 우스꽝스럽지 않은 사람이야. 자기 자신이 아니라 다른 일에 몰두해 있어서 그런 것 같아.'

어린 왕자는 아쉬운 마음에 한숨을 쉬고서 계속 생각했다.

'유일하게 내 친구가 될 수 있는 사람인데. 하지만 그의 별은 진짜 너무 작아. 두 사람이 있을 공간이 없어.'

어린 왕자가 그에게 차마 하지 못한 말은, 24시간 동안 지는 해를 1,440번이나 볼 수 있는 '축복' 때문에 그 별이 더 그리울 거라는 것이었다.

15

여섯 번째 별은 이전 별보다 열 배는 더 컸다. 그곳에는 엄청난 양의 책들을 쓴 노인이 살고 있었다.

"오오! 탐험가가 도착했군!"

그가 어린 왕자를 발견하고 소리쳤다.

어린 왕자는 탁자 위에 앉아 잠시 숨을 돌렸다. 너무 오래 쉬지 않고 여행한 탓이다!

노인이 어린 왕자에게 물었다.

"너는 어디서 왔는가?"

"이 두꺼운 책은 뭐예요? 할아버지는 여기서 뭘 하고 있어요?"

"나는 지리학자란다."

"지리학자가 뭔데요?"

"지리학자는 바다와 강이 어디 있는지, 도시와 산과 사

막이 어디 있는지 연구하는 학자란다."

"재밌겠어요! 드디어 진짜 직업을 만났어요!"

어린 왕자는 지리학자의 별을 흘깃 둘러보았다. 이 정도로 큰 별은 한 번도 본 적이 없었다.

"할아버지 별은 정말 아름다워요. 넓은 바다도 있어요?"

"그건 알 수 없다."

"아…… 산은요?"

"그건 알 수 없다."

"도시와 강과 사막은요?"

"그것도 모른단다."

어린 왕자는 실망했다.

"할아버지는 지리학자라고 했잖아요!"

"맞아. 하지만 탐험가는 아니지. 탐험가가 필요한데 한 명도 없구나. 도시와 강과 산과 바다, 대양과 사막의 수를 세러 다니는 건 지리학자의 일이 아니란다. 지리학자는 중요한 일을 하느라 돌아다닐 시간이 없거든. 한시도 책상을 떠날 수가 없어. 대신 우리는 탐험가들의 방문을 받는단다. 탐험가들에게 질문을 던지고 그들이 기억하는 걸 기록하는 거야. 어느 탐험가의 기억이 흥미로워 보이면 우리는 그가 양심적인 사람인지 조사한단다."

어린 왕자가 물었다.

"왜 그러는 거예요?"

"탐험가의 거짓말은 지리학자의 책을 엉망으로 만들거

든. 탐험가가 술꾼이 아닌지도 조사하지."

"왜요?"

"술에 취하면 사물이 두 개로 보이니까. 원래는 산이 하나밖에 없는데 지리학자가 두 개라고 기록하는 경우가 생기는 거야."

"내가 아는 사람이 있는데요. 좋은 탐험가는 못 될 것 같아요."

"그럴 수 있지. 탐험가가 양심적인 사람으로 판명되면 이제 그가 발견한 것들을 조사한다."

"직접 가서요?"

"아니야. 그건 너무 힘들지. 대신 탐험가에게 발견한 것을 입증할 만한 증거를 가져오라고 요구해. 예를 들어, 어마어마하게 큰 산을 발견했다고 하면 산에 있던 큰 돌을 가져오라고 하는 거야."

지리학자는 문득 뭔가를 깨닫고 흥분해서 말했다.

"너야말로 멀리서 왔겠구나! 너도 탐험가야! 너희 별 이야기를 해다오!"

지리학자는 장부를 펼친 다음 연필을 깎았다. 그는 일단 탐험가들의 이야기들을 연필로 적고, 기다렸다가 탐험가가 증거를 가져오면 잉크로 기록했다.

"말해보겠니?"

어린 왕자는 자신의 별을 떠올렸다.

"아! 우리 별은요, 아주 특별하지는 않고, 굉장히 작아요. 화산이 세 개 있어요. 두 개는 활화산, 한 개는 휴화산이에요. 그런데 휴화산도 언제 어찌될지 몰라요."

"어찌될지 모르지."

"꽃도 한 송이 있어요."

"꽃은 기록하지 않는다."

"왜요! 얼마나 예쁜데요!"

"꽃은 덧없기 때문이지."

"'덧없다'는 게 무슨 뜻이에요?"

"지리학 책은 모든 책 가운데서도 가장 중요한 사실을 기록한단다. 결코 유행에 뒤떨어지지 않지. 가령 산이 이동하는 일은 거의 일어나지 않아. 대양의 물이 말라버리는 일도 그렇지. 우리는 그렇게 영원한 사실만 기록한단다."

어린 왕자가 끼어들었다.

"하지만 휴화산이 다시 활동을 시작할 수도 있어요! '덧없다'는 게 무슨 뜻인지 말해줘요."

지리학자가 말했다.

"휴화산이든 활화산이든 우리에겐 마찬가지다. 우리가 중요하게 생각하는 건 산이야. 산은 변하지 않으니까."

"'덧없다'는 게 무슨 뜻이에요?"

살면서 한번 질문한 건 결코 포기하는 법이 없는 어린 왕자가 다시 물었다.

"'곧 사라져버릴 위험이 있다'는 뜻이란다."

"내 꽃이 곧 사라져버릴지도 모른다고요?"

"물론이다."

'내 꽃은 덧없는 존재구나. 이 세상으로부터 자신을 지키기 위해 가진 거라곤 가시 네 개가 전부야! 그런데 나는 그런 꽃을 혼자 두고 별을 떠나왔구나!'

여행을 떠나온 후 어린 왕자는 처음으로 후회했다. 하지만 다시 용기를 냈다.

"다음엔 어느 별에 가볼까요?"

"지구라는 별에 가보렴. 아주 좋은 곳이라고 하더구나."

어린 왕자는 꽃을 마음에 품고서 길을 떠났다.

16

그리하여 일곱 번째 방문한 별은 지구였다.

지구는 평범한 별이 아니다! 지구에는 왕이 111명(물론 흑인 왕까지 포함해서), 지리학자가 7천 명, 사업가가 90만 명, 술주정뱅이가 750만 명, 허영꾼이 3억 하고도 1천 1백만 명, 다시 말해 어른들이 20억 명 가까이 있다.

지구의 크기를 가늠하려면 이 사실을 말해주는 게 좋을 것이다. 전기가 발명되기 전에 지구는 여섯 대륙 전체에 가로등 켜는 사람만 462,511명, 그야말로 군대가 필요했다.

조금 떨어져서 지구를 보면 진정한 장관을 목도하게 된다. 군대의 움직임이 마치 오페라의 발레단 같다. 먼저 뉴질랜드와 호주의 가로등 켜는 사람들이 나와 불을 붙이고 자러 들어간다. 다음에는 중국과 시베리아 가로등 켜는 사람들의 군무가 펼쳐진다. 그들도 무대 뒤로 사라지면, 이제 러시

아와 인도의 가로등 켜는 사람들이 등장한다. 아프리카와 유럽이 그 뒤를 잇는다. 그러고 나면 남아메리카, 그다음은 북아메리카의 가로등 켜는 사람들이 나온다. 무대에 등장하는 순서가 조금도 틀리는 법이 없다. 웅장한 장면이다.

유일하게 북극에 단 하나인 가로등 켜는 사람과 남극에 단 하나인 그의 동료만이 한가하고 게으른 나날을 보낸다. 그들은 일 년에 딱 두 차례만 일하기 때문이다.

17

　재치 있는 말을 하려다 보면 이따금 사실이 아닌 말이 튀어나온다. 가로등 켜는 사람 이야기 중 내가 솔직하지 못한 대목이 있었다. 지구를 잘 모르는 사람들이라면 지구에 대해 그릇된 개념을 갖게 했을지도 모른다. 지구상에서 인간이 거주하는 공간은 일부에 불과하다. 지구에 사는 20억 인구를 다닥다닥 붙여서 다 세우면 가로 세로 2만 마일의 광장에 손쉽게 모을 수 있다. 태평양의 아주 작은 섬 하나에 인류 전체를 다 집결시킬 수도 있다.

　어른들은 물론 당신 말을 믿지 않을 것이다. 자신들이 훨씬 넓은 공간을 차지하고 있다고 믿기 때문이다. 그들은 바오바브나무처럼 자기 자신을 대단하게 여긴다. 그들에게 직접 다 더해서 계산해보라고 슬쩍 권해보라. 숫자에 열광하는 사람들이니 분명 좋아할 것이다. 단, 당신의 시간은 그런

어린 왕자는 지구에 도착했는데 사람들이 안 보여서 놀랐다.

지루한 일에 허비하지 마라. 쓸데없는 일이다. 나를 믿어도 좋다.

그래서 어린 왕자는 지구에 도착했는데 사람들이 안 보여서 놀랐다. 혹시 지구가 아닌 다른 별에 떨어진 건 아닌지 걱정하고 있는데, 그때 달빛을 띤 고리가 모래를 휘저으며 나타났다.

"안녕."

어린 왕자는 혹시 몰라 인사를 했다.

"안녕."

뱀이 대답했다.

"지금 내가 떨어진 곳이 어느 별이니?"

"지구야, 아프리카."

"아! 지구에는 사람이 없니?"

"여긴 사막이야. 사막엔 사람이 없어. 지구는 무척 크단다."

어린 왕자는 바위에 앉아 하늘로 눈을 돌렸다.

"별들이 저렇게 밝게 빛나는 건, 우리들이 언젠가 자신을 다시 찾아왔으면 해서일까? 저기 내 별을 봐. 바로 우리 머리 위에 있어. 실제로는 굉장히 멀리 떨어져 있는 건데!"

"네 별은 아름답구나. 여긴 무슨 일로 왔니?"

"꽃이랑 문제가 생겼거든."

"아!"

둘은 아무 말도 하지 않았다.

"넌 좀 이상한 동물이구나. 손가락처럼 가느다랗고."
"그래도 왕의 손가락보다 더 힘이 셀걸. 나는 너를 아주 멀리 데려갈 수 있어."

어린 왕자가 말을 이었다.

"사람들은 어디 있어? 사막은 좀 외로워……."

뱀이 말했다.

"사람들 사이에서도 외로워."

어린 왕자는 한참동안 뱀을 쳐다보았다.

"넌 좀 이상한 동물이구나. 손가락처럼 가느다랗고."

뱀이 말했다.

"그래도 왕의 손가락보다 더 힘이 셀걸."

어린 왕자는 미소를 지었다.

"힘이 세지 않을 것 같은데. 발도 없잖아. 먼 곳을 여행할 수도 없고……."

"나는 너를 배보다 훨씬 멀리 데려갈 수 있어."

뱀이 제 몸으로 어린 왕자의 발목을 둥글게 감았다. 금빛 팔찌 같았다.

"내 몸에 닿은 사람은 자기가 처음 나온 땅으로 돌아가게 돼."

뱀이 이어서 말했다.

"하지만 넌 순수한 아이고, 별에서 이제 막 도착했으니까……."

어린 왕자는 아무 대답도 하지 않았다.

"이 커다란 지구에서 너처럼 연약한 존재를 보니 가엾구나. 내가 도와줄 수도 있어. 네가 고향별을 애타게 그리워하는 날이 온다면 말이지. 내가 할 수 있……."

"오! 네 말뜻을 알아들었어."

어린 왕자가 끼어들었다.

"그런데 넌 왜 항상 수수께끼 같은 말을 해?"

뱀이 말했다.

"나는 수수께끼를 해결하는 존재니까."

둘은 아무 말도 하지 않았다.

18

어린 왕자는 사막을 건너 다다른 곳에서 한 송이 꽃을 만났다. 꽃잎 세 장밖에 가진 게 없는 전혀 특별하지 않은 꽃이었다.

"안녕."

어린 왕자가 인사했다.

"안녕."

꽃이 답했다.

"사람들은 어디 있니?"

어린 왕자가 정중하게 물었다.

꽃은 언젠가 카라반 무리가 지나가는 걸 본 적이 있었다.

"사람들? 예닐곱 명쯤 있을 거야. 몇 년 전에 봤거든. 지금은 어디 있는지 몰라. 바람이 그들을 데려갔어. 그 사람들은 뿌리가 없어서 고생이 심할 거야."

"잘 있어."
어린 왕자가 말했다.
"잘 가."
꽃이 대답했다.

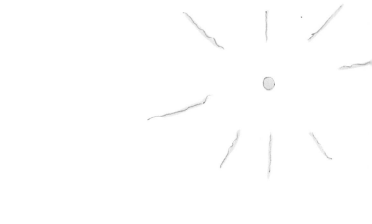

19

어린 왕자는 높은 산의 정상에 올랐다. 그가 알고 있는 산이라고는 자기 무릎 높이의 화산 세 개밖에 없었다. 어린 왕자는 휴화산을 의자처럼 사용했었다.

'이렇게 높은 산에서 보면 별과 사람들이 한눈에 보이겠지.'

어린 왕자는 생각했다. 그러나 바늘처럼 뾰족한 바위만 눈에 들어왔다.

"안녕."

어린 왕자는 혹시나 하고 인사했다.

"안녕…… 안녕…… 안녕……."

메아리가 대답했다.

"넌 누구니?"

"넌 누구니…… 넌 누구니…… 넌 누구니……."

"나랑 친구 하자. 난 혼자야."

"난 혼자야⋯⋯ 난 혼자야⋯⋯ 난 혼자야⋯⋯."

'이 별은 진짜 이상해! 바싹 마른데다 날카롭고 각박해.
이곳 사람들은 상상력이 없어. 들은 것만 반복해. 우리 별에
는 꽃이 있었지. 꽃은 언제나 먼저 말을 걸어주었는데⋯⋯.'

20

모래사막과 바위와 눈 덮인 땅을 오래오래 걸은 끝에, 어린 왕자는 결국 길을 발견했다. 그 길은 사람들이 사는 집으로 나 있었다.

"안녕."

어린 왕자가 인사했다.

장미꽃이 만발한 정원이었다.

"안녕."

장미꽃들이 대답했다.

어린 왕자는 그들을 바라보았다. 자기 장미와 똑같이 생긴 꽃들이었다.

어안이 벙벙해진 어린 왕자가 물었다.

"너희들은 누구니?"

"우린 장미야."

"아!"

어린 왕자는 매우 상심했다. 장미는 자신이 우주와 자기 별을 통틀어 하나밖에 없는 꽃이라고 했는데. 이 정원에만 똑같이 생긴 꽃들이 5천 송이는 있지 않은가!

'내 장미가 이 광경을 보면 무척 당황하겠구나. 우스운 꼴을 면하려고 마구 기침을 하다가 죽을 지경이 될지도 몰라. 그럼 나는 장미를 간호하는 척을 해야겠지. 안 그러면 내가 죄책감을 느끼게 하려고 정말 죽을지도 몰라…….'

어린 왕자는 계속 생각에 잠겼다.

'세상에 단 하나뿐인 장미를 가져서 세상을 다 가진 것 같았는데, 그냥 평범한 장미였구나. 그냥 평범한 장미와 내 무릎만큼 오는 화산 세 개, 그중 하나는 아마 영원히 활동

을 못하는 휴화산이고. 그런 걸로는 훌륭한 왕자가 될 수 없어.'

풀숲에 누운 채로 어린 왕자는 잠시 울었다.

21

바로 그때 여우가 나타났다.

"안녕."

여우가 인사했다.

"안녕."

어린 왕자는 예의 바르게 인사하고 뒤돌아보았지만 아무것도 보이지 않았다.

"여기야."

사과나무 아래에서 목소리가 들렸다.

"넌 누구니? 정말 사랑스럽구나!"

"난 여우야."

"이리 와서 함께 놀자. 난 너무 슬퍼."

어린 왕자가 여우에게 청했다.

"너랑 놀 수 없어. 난 길들여지지 않았거든."

"아! 미안해."

어린 왕자는 잠시 생각한 다음 말을 이었다.

"'길들인다'는 게 무슨 뜻이야?"

"넌 여기 사는 아이가 아니구나. 뭘 찾고 있니?"

"난 사람들을 찾고 있어. 근데 '길들인다'는 게 무슨 뜻
이야?"

어린 왕자가 물었다.

"사람들은 총을 들고 사냥을 해. 얼마나 성가신지! 그들은 닭도 키워. 사람들이 관심 있는 건 그게 다야. 너도 닭을 찾고 있니?"

"아니. 난 친구를 찾고 있어. '길들인다'는 게 무슨 뜻이야?"

어린 왕자가 다시 물었다.

"사람들은 거의 잊어버린 말이지. '관계를 맺는다'는 뜻이야."

여우가 대답했다.

"관계를 맺어?"

"그래! 넌 지금은 많고 많은 남자아이 중 하나일 뿐이지. 난 네가 필요하지 않아. 너도 내가 필요하지 않지. 너에게 난 많고 많은 여우 중 하나에 불과하니까. 그런데 네가 날 길들이면 우린 서로 필요해진단다. 넌 내게 세상에서 단 하나뿐

인 존재가 되는 거야. 나도 네게 세상에서 단 하나뿐인 여우가 되고."

"이제 알 것 같아."

어린 왕자가 고개를 끄덕였다.

"나도 꽃이 한 송이 있거든. 그 꽃이 날 길들인 거네."

"아마 그럴 거야. 지구에선 온갖 일들이 다 일어나니까."

"아! 지구 이야기가 아니야."

그 말에 여우는 굉장히 당황한 것 같았다.

"그럼 다른 별에서 왔어?"

"응."

"그 별에도 사냥꾼이 있어?"

"아니."

"굉장한데! 닭은?"

"없어."

"완벽한 곳은 없구나."

여우가 한숨을 쉬었다. 여우는 원래 하던 이야기로 돌아갔다.

"내 삶은 너무 단조로워. 나는 닭을 쫓고 사람들은 나를 쫓아. 닭은 전부 똑같이 생겼고, 사람들도 그래. 지루하단 말이지. 그런데 네가 날 길들인다면 내 삶은 햇살을 받은 것처럼 환해질 거야. 나는 네 발소리가 다른 사람의 발소리와 다른 걸 알아차리겠지. 다른 사람의 발소리를 들으면 땅굴 속으로 숨을 거야. 하지만 네 발소리는 마치 음악 소리처럼 나를 땅굴 밖으로 불러낼 거야. 저길 봐! 저기, 밀밭이 보이지? 난 빵을 먹지 않아. 밀이 전혀 필요하지 않지. 그러니 밀밭을 봐도 아무것도 떠오르지 않아, 슬프게도 말이야. 그런데 네 머리칼이 황금빛이잖아. 네가 날 길들인다면 두근거리는 일이 생길 거야. 이제 황금빛 밀밭을 볼 때마다 네가 떠오를 테니까! 밀밭을 스치는 바람 소리도 사랑하게 될 거고……."

여우는 잠자코 어린 왕자를 응시했다.

"부탁이야, 날 길들여줘!"

여우가 말했다.

"나도 그러고 싶어."

어린 왕자가 대답했다.

"하지만 시간이 없는걸. 친구를 찾아야 하고, 알고 싶은 것도 많아."

"우리는 자기가 길들인 것만 진정으로 알 수 있어. 사람들은 무언가를 알아갈 시간이 없어. 그들은 상점에서 다 만들어진 물건을 사거든. 그런데 친구를 파는 상점은 없으니까 친구를 못 사귀는 거야. 친구를 만들고 싶다면 날 길들여줘."

"길들이려면 어떻게 해야 하는데?"

"인내심이 필요해. 우선 내게서 좀 떨어져서 저쪽 풀밭에 앉으렴. 내가 살짝 곁눈질로 널 바라볼 거야. 넌 아무 얘기도 하지 마. 언어는 오해를 낳거든. 그래도 날마다 내게 조금씩 더 가까이 와서 앉아."

다음 날 어린 왕자가 여우를 보러 다시 왔다.

"어제와 같은 시간에 왔다면 더 좋았을 텐데."

여우가 말했다.

"예를 들어, 네가 오후 4시에 온다면 난 3시부터 설렐 거야. 4시가 가까워질수록 점점 더 행복해지겠지. 4시가 되면 난 가슴이 두근거려서 안절부절못하고 걱정을 할 거야. 행복의 대가를 알게 되겠지! 하지만 네가 아무 때나 온다면 언제부터 마음의 준비를 해야 할지 도무지 알 수 없잖아. 넌 의식을 지켜야 해……."

"'의식'이 뭔데?"

어린 왕자가 물었다.

"그것도 사람들이 잊고 사는 거지."

여우가 말했다.

"'의식'은 어느 하루를 다른 하루와 다르게 만들어주고, 어떤 시간을 다른 시간과 다르게 만들어주는 거야. 가령 사냥꾼들도 의식이 있어. 그들은 목요일마다 마을 아가씨들과 춤을 춰. 그럼 목요일은 흥미진진한 하루가 되는 거야! 나도 포도밭까지 긴 산책을 나갈 수 있어. 만일 사냥꾼들이 아무 때나 춤추러 간다면, 모든 날이 다 똑같아져버리고 나는 결코 쉴 수 없겠지."

어린 왕자는 여우를 길들여갔다.

이윽고 어린 왕자가 떠나야 하는 날이 가까워졌다.

여우가 말했다.

"네가 오후 4시에 온다면 난 3시부터 설렐 거야."

"아! 눈물이 날 것 같아."

"네 잘못이야! 난 널 아프게 할 생각이 없었는데. 네가 길들여달라고 해서……."

"알아."

여우가 말했다.

"그러면서 울려고 하잖아!"

어린 왕자가 말했다.

"알아."

여우가 대답했다.

"결국 넌 아무것도 얻은 게 없는데!"

"얻은 게 있어. 밀밭의 황금빛이 있잖아."

그러고 나서 여우가 덧붙였다.

"이제 가서 꽃들을 만나봐. 네 꽃이 세상에 단 하나뿐이라는 사실을 깨닫게 될 거야. 그런 다음 내게 작별 인사를 하러 와. 아무도 모르는 비밀을 알려줄게."

어린 왕자는 꽃들을 보러 갔다.

"너희는 내 장미와 전혀 닮지 않았어. 아직 내게 아무것도 아니거든. 아무도 너희를 길들이지 않았고, 너희도 다른 누구를 길들이지 않았지. 나와 여우가 처음 만났을 때처럼 말이야. 그때 내게 여우는 많고 많은 여우들과 다르지 않은 존재였어. 그런데 나는 여우와 친구가 되었고, 그 후로 세상에 단 하나뿐인 여우가 되었어."

그 말을 들은 장미꽃들은 기분이 상했다.

하지만 어린 왕자는 계속 말을 이었다.

"너희는 아름답지만 텅 비어 있어. 너희를 위해 생명을 바칠 사람이 없으니까. 물론 지나가는 행인에겐 내 장미가 너희와 똑같아 보이겠지. 그렇지만 나에겐 내 꽃 한 송이가 너희 전부보다 훨씬 소중해. 왜냐하면 내가 매일같이 물을 주었거든. 유리덮개를 씌워주고 바람막이로 지켜주고, 그 꽃을 위해서 송충이들을 잡아주었거든. (나비들을 위해 두세 개는 빼놓았지.) 불평을 들어주고 허영을 부려도 참아주고, 가끔은 아무 말도 안 하는 걸 참아준 것도 그 꽃을 위해서였어. 왜냐하면 내 장미니까."

그러고 나서 어린 왕자는 여우를 보러 갔다.

"잘 있어."

어린 왕자가 인사했다.

"잘 가."

여우가 인사했다.

"아무도 모르는 비밀을 말해줄게. 아주 간단해. 마음으로 봐야 보인단다. 중요한 건 눈에 보이지 않거든."

"중요한 건 눈에 보이지 않아."

어린 왕자는 잊어버리지 않으려고 되뇌었다.

"네 장미가 중요한 존재가 된 건, 네가 장미에게 들인 시간 때문이야."

"내가 장미에게 들인 시간 때문이야……."

잊어버리지 않으려고 어린 왕자는 다시 되뇌었다.

"사람들은 이 진실을 잊어버렸지만……."

여우가 말을 이었다.

"그래도 너는 잊지 마. 네가 길들인 대상에 대해 넌 영원히 책임져야 한다는 걸. 넌 네 장미를 책임져야 해……."

"나는 내 장미를 책임져야 해."

잊어버리지 않으려고 어린 왕자는 되뇌었다.

22

"안녕하세요?"

어린 왕자가 말했다.

"안녕."

선로변경원이 답했다.

"여기에서 뭘 하고 있어요?"

"여행객들을 천 명씩 분류한단다. 그들을 태운 기차를 상황에 따라 오른쪽으로 보내거나 왼쪽으로 보내는 거야."

그때 불 밝힌 급행열차가 우레 같은 굉음을 내며 들어왔다. 선로변경원의 사무실까지 흔들렸다.

"사람들은 정말 바빠요. 뭘 찾는 걸까요?"

"기관사들 자신도 모를 거야."

이번에는 반대 방향에서, 불을 밝힌 두 번째 급행열차가 우레 같은 굉음을 내며 왔다.

"그 사람들이 벌써 돌아오는 거예요?"

"이번에는 다른 사람들이야. 서로의 위치를 바꾸는 일종의 교환이란다."

"자기가 있는 곳에 만족하지 못해서 바꾸는 건가요?"

"사람은 자신이 있는 곳에 만족하지 못하는 법이란다."

불을 밝힌 세 번째 급행열차가 우레 같은 굉음을 내며 들어왔다.

"이 사람들은 먼저 간 여행객들을 따라가는 거예요?"

"그들은 아무도 따라가지 않아. 열차 안에서 잠이나 자고 하품이나 할걸. 어린이들만 창문에 코를 박고 밖을 보겠지."

"자기가 원하는 걸 알고 있는 건 아이들뿐이에요. 아이들은 인형에 시간을 들여요. 그럼 인형은 그들에게 매우 중요한 존재가 되죠. 그래서 인형을 뺏기면 울음을 터트리는 거예요."

어린 왕자가 말했다.

"아이들은 운이 좋구나."

선로변경원이 말했다.

23

"안녕하세요?"

어린 왕자가 말했다.

"안녕."

상인이 말했다.

그는 갈증을 잠재우는 효과가 있는 신약을 팔고 있었다. 일주일에 알약 하나만 먹으면 물을 마시고 싶은 욕구가 사라진다고 했다.

"아저씨는 왜 이 약을 팔아요?"

"시간 절감 효과가 어마어마하거든. 전문가들이 계산을 해봤어. 일주일에 53분을 벌어준단다."

"그 53분 동안 뭘 할 건데요?"

"원하는 걸 하겠지."

어린 왕자는 생각했다.

'나에게 53분이 있다면 천천히 샘이 있는 곳으로 산책하듯 걸어갈 거야.'

24

사막에서 비행기가 고장 난 지 8일째 되던 날이었다. 나는 비축해둔 물의 마지막 한 방울을 마시며 어린 왕자의 상인 이야기를 듣고 있었다.

나는 어린 왕자에게 말했다.

"아, 네 기억들은 흥미롭구나. 그런데 난 아직도 비행기를 고치지 못했고, 물도 떨어졌어. 나도 샘으로 천천히 걸어갈 수 있다면 행복하겠어."

그가 내게 말했다.

"내 친구 여우를……."

"꼬마 친구, 지금 그 얘기를 할 때가 아니잖아!"

"왜?"

"탈수로 죽을 지경이니까."

그는 내 이유를 납득하지 못했다.

"친구를 사귄 일은 좋았어. 죽음을 맞더라도 변하지 않아. 난, 여우와 친구가 되어 무척 행복해……."

'이 아이는 위험을 전혀 감지하지 못하는구나. 허기나 갈증에 시달린 적이 없을지도 몰라. 조금의 햇빛만 있어도 충분한 거야.'

나는 속으로 생각했다.

어린 왕자는 나를 바라보더니 내 생각에 답하듯 말했다.

"나도 목이 말라. 우물을 찾으러 가자……."

나는 그럴 힘이 없다는 시늉을 했다. 이렇게 드넓은 사막에서 우연히 우물을 찾길 바라며 무작정 걷겠다니, 말도 안 되는 생각이다. 하지만 우리는 걷기 시작했다.

묵묵히 몇 시간을 걸으니, 밤이 내리고 별들이 반짝이기 시작했다. 갈증으로 미열에 시달리던 나는 꿈결인 듯 그 광경을 바라보았다. 아까 어린 왕자가 한 말이 내 머릿속을 어지럽게 떠다녔다.

"너도 목이 마르다는 거지?"

어린 왕자는 내 질문에 답하지 않았다. 그냥 이렇게 말할 뿐이었다.

"물은 마음에도 좋으니까……."

나는 그 말뜻을 알아듣지 못했지만 잠자코 있었다. 그에게 질문해도 대답을 들을 수 없다는 걸 잘 알고 있었다. 어린 왕자는 기진맥진한 모양인지 바닥에 주저앉았다. 나는 바로 곁에 앉았다. 잠시 침묵이 흐른 뒤 그가 말했다.

"별들이 아름다운 건 눈에 보이지 않는 꽃 한 송이 때문이야."

"물론이야."

나는 달 아래 너울거리는 모래 습곡들을 잠잠히 바라보았다.

"사막은 아름다워."

어린 왕자가 덧붙였다.

사실이었다. 나는 언제나 사막을 사랑했다. 우리는 사막의 모래언덕에 앉아 있었다. 아무것도 보이지 않는다. 아무것도 들리지 않는다. 그런데 그 고요함 가운데 무언가 빛나고 있다…….

"사막이 아름다운 건 우물을 숨기고 있기 때문이야."

나는 불현듯 사막이 신비롭게 빛나는 이유를 깨닫고 무척 놀랐다. 어렸을 때 내가 살던 오래된 저택에 보물이 숨겨져 있다는 전설을 들었다. 물론 아무도 보물을 발견하지 못했고 찾으려는 사람조차 없었지만, 그런데도 집 전체가 매혹적으로 보였다. 집 깊숙한 곳에 비밀을 품고 있어서 그랬으리라.

"그래. 집이든 별이든 사막이든 그걸 아름답게 만드는 건 눈에 보이지 않는 거야."

"내 친구 여우와 똑같은 생각을 하다니 기뻐."

어린 왕자가 말했다.

어린 왕자가 잠이 들어서, 나는 그를 품에 안고 다시 걷기 시작했다. 마음까지 따스해졌다. 부서지기 쉬운 보물을 안고

가는 것만 같았다. 지구상에서 이보다 더 연약한 존재는 없는 것 같았다. 나는 달빛이 비치는 어린 왕자의 창백한 이마와 감은 눈, 바람에 흔들리는 머리카락을 바라보며 생각했다.

'눈에 보이는 건 껍질일 뿐이야. 가장 중요한 건 눈에 보이지 않는 거야.'

어린 왕자의 살짝 벌어진 입술에 어렴풋이 미소가 번졌다.

'잠든 어린 왕자를 보며 이렇게나 감동받는 건, 꽃 한 송이에 대한 그의 변치 않는 마음 때문이야. 자는 동안에도 그의 안에서 등불처럼 빛나고 있는 장미의 형상 때문이야……'

나는 어린 왕자가 더더욱 깨어지기 쉬운 존재라는 생각을 했다. 이 등불을 보호해주어야 한다. 바람이 한번만 불어도 꺼져버릴 수 있다…….

그렇게 걸어간 끝에 동이 틀 무렵, 나는 우물을 발견했다.

25

어린 왕자가 말했다.

"사람들은 허겁지겁 급행열차에 올라타. 정작 자기가 무얼 찾고 있는지 알지 못하면서. 그냥 불안에 떨며 시간을 흘려보내고 있어."

그는 이렇게 덧붙였다.

"그럴 필요 없는데."

우리가 다다른 우물은 사하라 사막에서 흔히 보이는 우물과 달랐다. 사하라의 우물들은 모래사막에 간단하게 구멍이 파인 형태다. 그런데 이 우물은 마을의 우물처럼 생겼다. 근처에 마을이 없었는데. 나는 꿈을 꾸고 있는 기분이었다.

"이상한데. 전부 준비되어 있어. 도르래와 두레박, 밧줄까지."

어린 왕자는 웃으면서 밧줄을 잡고 도르래를 움직였다.

그러자 오랜 잠에서 깬 낡은 풍향계처럼 도르래가 끼익거리는 소리를 냈다.

"들려? 우리가 우물을 깨워서 우물이 노래를 부르고 있어!"

나는 어린 왕자를 힘들게 하고 싶지 않았다.

"그냥 둬. 내가 할게. 네겐 너무 무거워."

나는 우물 테두리돌이 있는 곳까지 천천히 두레박을 끌어올렸다. 그리고 떨어뜨리지 않으려고 균형을 잡아 돌 위에 올려두었다. 귓가에 도르래의 노랫소리가 계속 들렸고, 여전히 일렁거리는 우물의 수면 위로 태양의 진동이 느껴졌다.

"목이 너무 말라. 물을 마시게 해줘……."

나는 얼른 두레박을 들어 올려 어린 왕자의 입가에 대주었다. 그는 눈을 감고 물을 마셨다. 축제에 온 것처럼 마음이 환해졌다. 그 물은 일반적인 '마시는 물'과는 전혀 달랐다. 별을 바라보며 걸어온 발걸음, 도르래의 노랫소리, 내 팔의 수고가 어우러져 태어났기 때문이었다. 그것은 선물처럼 내 마음을 기쁘게 했다. 어린 시절 성탄절 선물들이 전나무 조명과 자정미사 음악, 부드러운 미소들 때문에 더 돋보이던 것과 같았다.

어린 왕자가 말했다.

"아저씨 별에서 사람들은 하나의 정원에 장미 5천 송이를 갖고 있지……. 그러면서도 자기들이 뭘 원하는지 결코 찾지 못해……."

"찾지 못하지."

"한 송이 장미꽃이나 물 한 모금에서도 찾을 수 있는데……."

"정말 그래."

나는 대답했다.

어린 왕자가 덧붙였다.

"눈으로는 볼 수 없어. 마음으로 찾아야만 해."

나는 물을 마셨다. 숨이 편안해졌다. 태양이 떠오르면서 사막의 모래가 꿀 빛깔로 물들어갔다. 황금색으로 빛나는 모래를 보니 행복한 기분이 들었다. 무슨 이유로 나는 그렇게 힘들어했던 것일까…….

"저번에 한 약속 들어줘."

어린 왕자가 조용히 말했다. 그는 내 곁에 와서 앉아 있었다.

"무슨 약속?"

"있잖아…… 양에게 씌울 부리망…… 난 내 꽃을 책임져야 하니까……."

나는 주머니에서 스케치한 그림을 꺼냈다. 어린 왕자가 쳐다보고 웃었다.

"아저씨가 그린 바오바브나무, 양배추랑 좀 닮았어."

"아!"

내가 바오바브나무 그림을 얼마나 자랑스러워했는데!

"아저씨가 그린 여우는, 귀가…… 좀 뿔처럼 보여. 너무 길어서 그래."

어린 왕자는 다시 웃었다.

"그렇게 말하면 못 써, 꼬마 친구. 내가 그려본 거라곤 속이 안 보이는 보아뱀과 속이 보이는 보아뱀이 다잖아."

"아, 괜찮아. 어린이들은 알아보니까."

어린 왕자가 말했다.

나는 부리망을 그렸다. 그걸 건네주는데 가슴이 미어졌다.

"내가 모르는 계획이 있는 거니?"

어린 왕자는 대답하지 않았다. 그 대신에 이렇게 말했다.

"아저씨, 내가 지구에 떨어진 지…… 내일이면 1년이야."

잠시 침묵이 흐른 뒤 그가 이어 말했다.

"바로 이 근처에 떨어졌어."

어린 왕자가 얼굴을 붉혔다.

나는 다시 한번 알 수 없는 묘한 슬픔을 느꼈다. 불쑥 한 가지 의문이 들었다.

"그럼 일주일 전 아침 널 만났을 때, 사람들이 사는 곳에서 수천 마일 떨어진 사막을 홀로 걷고 있던 게 우연이 아니었구나! 네가 떨어진 곳으로 되돌아왔던 거야?"

어린 왕자가 다시 얼굴을 붉혔다. 나는 주저하며 말을 이었다.

"떨어진 지 1년째 되는 날이라서?"

어린 왕자는 다시 얼굴을 붉혔다. 대답은 없었지만 얼굴

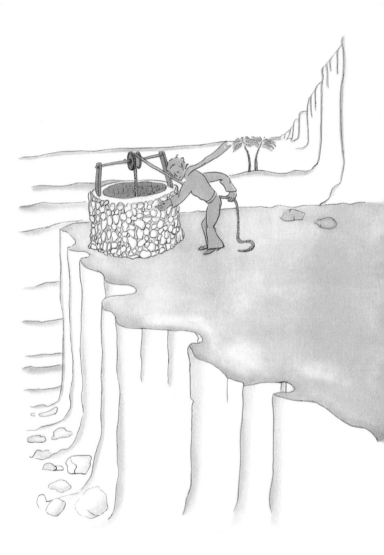

"들려? 우리가 우물을 깨워서 우물이 노래를 부르고 있어!"

을 붉혔으니 '그렇다'라는 의미 아니겠는가.

"아! 난 두렵구나……."

내가 그에게 말했다.

어린 왕자는 대답 대신 이렇게 말했다.

"아저씨는 이제 일하러 가. 비행기 있는 데로 다시 가야 해. 난 여기에서 기다릴게. 저녁에 다시 와……."

나는 마음이 편치 않았다. 여우 이야기가 기억났다. 누군가에게 길들여졌다면 얼마간 눈물을 흘릴 위험을 감수해야 한다…….

26

우물 옆에 오래된 돌담의 잔해가 있었다. 일을 마치고 저녁에 돌아오는데, 저 멀리 어린 왕자가 돌담에 다리를 늘어뜨리고 앉아 있는 모습이 보였다. 그가 누군가에게 말하는 소리가 들렸다.

"기억 안 나? 이 자리가 아니야."

다른 목소리가 반박한 모양이었다. 어린 왕자가 곧 응수하는 걸 보면 말이다.

"아니, 아니야! 오늘은 맞는데, 장소는 여기가 아니야."

나는 돌담 쪽으로 걸음을 옮겼다. 아무 소리도 들리지 않았고 아무도 보이지 않았다. 어린 왕자가 다시 누군가에게 대답했다.

"…… 물론이야. 모래바닥에 찍힌 내 발자국이 어디서 시작되었는지 보면 알 거야. 거기서 날 기다리면 돼. 오늘 밤 그곳에 내가 있을 테니까."

나는 벽에서 20미터 가량 떨어져 있었는데 여전히 아무도 보이지 않았다. 잠시 침묵이 흐른 뒤 어린 왕자가 입을 열었다.

"네 독, 괜찮은 거야? 내가 오래 아프지 않아도 되는 거 맞지?"

"1년 전 내 발자국이 시작된 곳에서 날 기다리면 돼.
오늘 밤 그곳에 내가 있을 테니까."

나는 가슴이 죄어오는 것 같아 숨을 참았지만 여전히 무슨 말인지 이해할 수 없었다.

"이제, 다른 데로 가…… 나 내려갈래."

어린 왕자가 말했다.

돌담 아래로 시선을 내린 순간 나는 뛸 듯이 놀랐다. 어린 왕자 바로 앞에 노란 뱀이 금방이라도 덮칠 태세로 몸을 세우고 있었다! 나는 주머니에서 리볼버 권총을 꺼내면서 급히 달려갔다. 내가 다가가는 소리에 뱀은 스르륵 모래바닥으로 숨어들었다. 흡사 샘의 물줄기가 잦아드는 것 같았다. 뱀은 조금도 서두르는 법 없이 쉭쉭거리며 돌 사이로 슬그머니 들어갔다.

나는 돌담까지 뛰어가서 꼬마 친구를 번쩍 팔에 안아 올렸다. 그의 얼굴이 눈처럼 창백했다.

"무슨 짓이야! 왜 뱀과 얘기를 해!"

나는 그가 늘 두르고 다니는 금색 머플러를 느슨하게 풀어주었다. 어린 왕자의 관자놀이를 적셔주고 물을 좀 먹였다. 나는 감히 어떤 질문도 할 수 없었다. 어린 왕자는 나를 진지하게 쳐다보더니 두 팔로 내 목을 감았다. 그의 심장이 막 총에 맞아 죽어가는 새의 심장처럼 뛰고 있었다. 어린 왕자가 말했다.

"비행기를 고쳐서 다행이야. 이제 집으로 돌아갈 수 있어……."

"어떻게 알았어?"

나는 어쩌다 보니 비행기를 고칠 수 있었다고 그에게 말하려던 참이었다!

어린 왕자는 내 질문에는 대답하지 않고 이렇게 덧붙였다.

"나도 우리 별로 돌아가……."

그러고 나서 좀 우울한 목소리로 말했다.

"너무 멀고…… 너무 힘들긴 하지만……."

뭔가 심상치 않은 일이 일어나고 있었다. 나는 어린 아이를 안듯이 그를 품에 안았다. 그러나 내가 붙잡을 새도 없이 그는 곧장 심연으로 떨어지고 있는 것만 같았다. 어린 왕자의 진지한 눈빛은 먼 곳을 떠다녔다.

"아저씨가 준 양이 나한테 있어. 양을 위한 상자도 있고. 부리망도……."

그가 슬픈 미소를 지었다. 나는 한참을 기다렸다. 내 품에서 그의 몸은 점점 뜨거워지고 있었다.

"꼬마 친구, 너 무서웠구나……."

물론 그는 무서웠을 것이다. 하지만 어린 왕자는 부드럽게 미소 지었다.

"오늘 밤엔 훨씬 더 무서울 것 같아……."

돌이킬 수 없다는 감정으로 인해 내 마음이 얼어붙었다. 이 아이의 웃음소리를 다시 들을 수 없다고 생각하는 것만으로도 견딜 수 없었다. 내게는 사막에서 만난 샘 같은 웃음소리였는데.

"꼬마 친구, 네 웃음소리를 다시 듣고 싶어."

하지만 그는 내게 말했다.

"오늘 밤 1년이 되거든. 작년에 내가 떨어진 곳 바로 위에 우리 별이 있을 거야……"

"꼬마 친구, 뱀이니 약속이니 별이니 하는 건…… 다 나쁜 꿈인 거지?"

그는 내 질문에는 대답하지 않았다. 대신 이렇게 말했다.

"중요한 건 눈에 보이지 않아……"

"그럼, 물론이지……"

"꽃도 마찬가지야. 아저씨가 어느 별에 있는 꽃 한 송이를 사랑한다면 말이야. 밤마다 하늘을 바라보는 게 행복할 거야. 모든 별에 꽃이 있으니까……"

"그럼……"

"물도 그래. 아저씨가 내게 먹여준 물은 음악 같았어. 도르래와 밧줄 때문에…… 기억해야 해…… 정말 맛있었어."

"그럼……"

"아저씨는 밤마다 별들을 바라보겠지. 내 별은 너무 작아서 어디 있는지 아저씨에게 보여줄 수가 없어. 그 편이 더 좋아. 이제 내 별은 아저씨에게 모든 별 중의 하나니까, 아저씨는 어떤 별이든 눈을 들어 바라보는 걸 좋아하게 될 거야…… 그 별들이 전부 아저씨의 친구가 되어줄 거야. 그리고 또…… 내가 아저씨에게 선물을 줄 건데……"

어린 왕자가 웃었다.

"아! 애야, 꼬마 친구야, 네 웃음소리를 듣는 게 얼마나 좋은지!"

"바로 그게 내 선물이야. 물처럼 말이지……."

"무슨 말이야?"

"사람들은 누구나 별을 보지만, 별이 누구에게나 같은 의미는 아니야. 여행자에게 별은 안내자야. 다른 누군가에게 별은 그저 작은 빛에 지나지 않고. 학자들에게 별은 풀어야 할 숙제야. 내가 만난 사업가 아저씨에게 별은 금이겠지. 별들은 아무 말도 않는데 말이야. 아저씨는, 아저씨 혼자만, 아무도 갖지 못한 별을 갖게 될 거야."

"무슨 말이야?"

"아저씨가 밤마다 하늘을 볼 때 말이야…… 내가 그중 한 별에 살고 있으니까, 그중 한 별에서 내가 웃고 있으니까, 아저씨는 마치 모든 별들이 웃고 있는 것처럼 느낄 거야. 아저씨는 웃을 줄 아는 별들을 갖게 된 거야!"

어린 왕자는 다시 웃었다.

"나중에 아저씨가 기운을 차리면 (시간은 모든 슬픔을 진정시키니까.) 나를 만난 걸 떠올리고 기분이 좋아질 거야. 아저씨는 언제까지나 내 친구일 거야. 나와 함께 웃고 싶은 기분을 느끼겠지. 행복한 기분을 느끼려고 가끔씩 창문을 열겠지…… 아저씨 친구들은 하늘을 바라보며 웃는 아저씨를 보고 굉장히 놀랄 거야. 그럼 아저씨는 이렇게 말하겠지. '그래, 별들을 볼 때마다 난 웃음이 나!' 그러면 친구들은 아저씨가 미쳤다고 생각할 거야. 내가 아저씨에게 짓궂은 장난을

친 거야……."

그러고 나서 그가 다시 웃었다.

"그러니까, 별들 대신에…… 웃을 줄 아는, 무수히 많은 작은 방울들을 아저씨에게 준 거야."

어린 왕자가 다시 웃다가 갑자기 진지한 표정을 했다.

"오늘 밤에는 아저씨…… 오지 마."

"네 곁을 떠나지 않을 거야."

"아마 나는 아파 보일 거야. 죽는 것처럼 보일지도 몰라. 그런 거래. 그러니까 보러 오지 마, 그럴 필요가 없어……."

"널 떠나지 않을 거야."

어린 왕자는 근심어린 표정을 지었다.

"뱀 때문에 그래. 뱀이…… 아저씨를 물면 안 되니까. 뱀은 심술궂어. 재미로 물기도 하거든."

"네 곁을 떠나지 않을 거다."

그런데 그가 무슨 생각이 들었는지 안도했다.

"두 번째 물 땐 뱀의 독성이 없어지니까……."

그날 밤 나는 어린 왕자가 떠나는 걸 보지 못했다. 그는 조용히 모습을 감췄다. 내가 어린 왕자를 다시 발견했을 때, 그는 단호한 걸음으로 빠르게 걷고 있었다. 그는 나를 보고 이렇게 말했을 뿐이다.

"아, 아저씨였네……."

그가 내 손을 잡았다. 그러면서 계속 나를 걱정했다.

"아저씨가 오지 말았어야 했어. 힘들어질 거야. 이제 곧 내가 죽는 것처럼 보일 텐데 그건 사실이 아니야……."

나는 아무 말도 하지 않았다.

"아저씨는 알 거야…… 너무 멀어. 내 몸 이대로는 고향에 갈 수가 없어. 너무 무겁거든."

나는 아무 말도 하지 않았다.

"내 몸은 버려진 낡은 껍질 같을 거야. 낡은 껍질은 슬프게 없잖아……."

나는 아무 말도 하지 않았다. 그는 이제 기운이 빠진 것 같았다. 그러면서도 안간힘을 쓰고 있었다.

"정말 근사할 거야. 나도 별들을 바라보겠지. 모든 별에

녹슨 도르래가 달린 우물이 있을 거야. 모든 별들이 내게 마실 물을 부어줄 거야……."

나는 아무 말도 하지 않았다.

"정말 재미있겠지! 아저씨는 5억 개의 작은 방울을 갖게 되고, 나도 5억 개의 샘을 가지는 거야……."

어린 왕자가 말을 멈췄다. 그는 울고 있었다.

"이제 나 혼자 있도록 조금 떨어져 있어줘."

그는 두려웠는지 자리에 주저앉았다. 그가 말을 이었다.

"아저씨, 내 장미 말이야…… 난 그 꽃을 책임져야 해. 장미는 너무 약하거든. 그리고 너무 순진해. 세상에서 자신을 지키기 위해 가진 건 가시 네 개가 전부야……."

나는 더는 서 있을 힘이 없어서 주저앉았다.

그가 말했다.

"자, 이제 끝났어……."

그는 잠시 망설이더니 자리에서 일어났다. 그리고 한 발 내디뎠다. 나는 그 자리에서 꼼짝할 수 없었다.

그의 발목 언저리에서 노란 섬광이 일었다. 그게 다였다. 그는 잠시 미동도 없이 있었다. 소리도 지르지 않았다. 나무가 쓰러지듯이 부드럽게 어린 왕자는 바닥으로 쓰러졌다. 모래바닥이라 소리조차 나지 않았다.

27

그때로부터 6년이나 흘렀다. …… 나는 이 이야기를 한 번도 한 적이 없다.

나를 다시 만난 동료들은 내가 살아 있는 걸 발견하고 기뻐했다. 나는 슬펐지만 이 말만 했다.

"너무 지쳤어."

지금 나는 어느 정도 기운을 차렸다. 그 말은, 완전히는 아니라는 말이다. 하지만 어린 왕자가 자기 별로 돌아갔다는 걸 믿는다. 동틀 무렵, 그의 몸을 볼 수 없었던 것이다. 아주 무거울 것도 없는 몸이었으니까. 이제 나는 밤마다 별들의 소리를 듣는 걸 좋아한다. 5억 개의 작은 방울이 울리는 시간이다.

하지만 문득 엄청난 일이 기억났다. 어린 왕자에게 그려 준 부리망에 가죽끈을 단다는 걸 그만 깜박 잊은 것이다! 어린 왕자가 양에게 부리망을 달아줄 수 없을 텐데.

그래서 나는 계속 궁금하다.

'그의 별은 별일 없이 괜찮을까? 양이 장미를 먹어치웠을지도 몰라…….'

어떤 날은 이렇게 생각한다.

'물론 그럴 리 없어! 어린 왕자가 매일 밤 장미에게 유리 덮개를 씌워주잖아. 양을 잘 감시하니까…….'

그러면 나는 곧 기분이 좋아진다. 모든 별들이 부드럽게 미소 짓는다.

하지만 어떤 날은 이런 생각도 한다.

'누구나 한 번은 방심하잖아. 그러면 끝인데! 어느 날 저녁 어린 왕자가 유리덮개 씌우는 걸 잊거나, 양이 밤중에 소리 없이 빠져나오거나…….'

그러면 작은 방울들은 다 눈물로 바뀌어버린다!

정말 알 수 없는 일이다. 어린 왕자를 사랑하는 당신에게는, 내가 그랬듯이, 어딘가에서 낯선 양 한 마리가 장미 한 송이를 먹었는지 아닌지에 따라 우주가 완전히 달라진다니 말이다.

하늘을 바라보라. 그리고 스스로에게 물어보라.

'양이 꽃을 먹었을까, 아닐까?'

대답에 따라 완전히 다른 세상이 펼쳐질 것이다…….

어른들은 이 일이 이렇게나 중요하다는 걸 절대로 이해하지 못할 것이다.

이것은 내가 본 가장 아름답고 슬픈 풍경이다. 이전 그림과 똑같은 풍경이지만, 당신에게 잘 보여주려고 다시 한번 그렸다. 지구의 바로 이곳에 어린 왕자는 나타났다가 사라졌다.

만일 당신이 언젠가 아프리카 사막을 여행한다면, 이곳을 분명히 알아볼 수 있도록 이 풍경을 주의 깊게 보아달라. 이곳을 지나갈 일이 생기거든, 부탁하건대 서둘러 지나치지 말고 잠시 저 별 아래에서 기다려달라! 한 아이가 당신에게 다가와서 웃거든, 그 아이의 머리칼이 황금빛이고 질문을 해도 대답이 없다면, 아마 그가 누구인지 짐작할 수 있을 것이다. 부디 그 아이에게 다정하게 대해주기를! 그리고 슬퍼하는 나를 모른척하지 말고 편지를 보내주기를. 그 아이가 돌아왔다고 알려주기를.

어린 왕자와 만나는 순간,
삶의 진정한 가치를 만난다

순수성을 허락하지 않는 세상에서 끊임없이 방황하고 고뇌했을 생텍쥐페리. 그는 동경하고 희망하는 삶을 '어린 왕자'라는 인물로 형상화했다.

소행성에서 지구까지 여행하면서 어린 왕자가 만나는 사람들, 그러니까 왕, 허영쟁이, 술꾼, 장사꾼, 가로등 켜는 사람, 지리학자는 세상의 모순을 보여준다. 그들이 가진 권력, 허망, 자기 학대, 물질 등이 세대를 불문하고 마치 삶의 진리인 듯 포장되어 자리하고 있으니까. 그리고 여행의 종착점인 지구에는 특히 더 많은 모순이 존재한다. 생텍쥐페리는 이런 지구에 꿈과 희망을 전하고자 어린 왕자를 보낸 것이 아닐까?

'어른들은 아무리 생각해도 너무 이상해.'

어린 왕자가 말하는 지구의 어른들은 겉모습, 명예, 지식만을 추구한다. 어린 왕자가 보기에 그런 어른들은 매우 이상한 존재다. '부끄러운 어른'인 우리는 어린 왕자를 통해 그동안 잊고 지냈던 삶의 진정한 가치와 의미를 깨닫는다. 꿈과 희망, 만남과 인연, 마음과 영혼, 추억과 사랑이 바로 그것이다.

코끼리를 삼킨 보아뱀 그림을 모자로만 보는 어른들의 시선에는 순수성이 없다. 그래서 더욱 어린 왕자를 동경하고 그리워하는 것인지도 모른다. 문득 자신을 뒤돌아볼 때 어른들의 머릿속에는 복잡한 상념이 맴돈다.

'너무 멀리 오지 않았는가.'

'다시 돌아가고 싶다.'

'과연 돌아갈 수 있을까.'

'마음을 나눌 누군가가 있는가.'

어린 왕자를 만나라!

어린 왕자는 말한다. 늦지 않았다고. 길들여지라고. 어린 왕자는 존재하며 언제 어디서나 곁에 있다고.

당신이 지구상에 사는 어른이라면, 또는 어른이 될 사람이어도 좋다. 잠시, 노을을 바라볼 여유를 갖자. 그리고 아무 의심 없이 어린 왕자에게 길들길 바란다. 그러면 세상에서 가장 순수한 영혼인 어린 왕자가 분명 값지고 귀한 선물을 전할 것이다.

1900년 6월 29일 프랑스 남서부 도시 리옹에서, 귀족인 아버지 장 드 생텍쥐페리 백작과 음악가이자 화가인 어머니 마리 드 퐁스콜롱브의 5남매 중 셋째(2남 3녀 중 장남)로 태어났다.

1904년 아버지가 갑자기 역에서 뇌출혈로 쓰러져 사망하자, 뷔제 지방에 있는 숙모의 생모리스드레망 성채와 바르 지방에 있는 외할머니의 라몰 성채를 오가며 생활했다. 여자들에 둘러싸여 자라며 관대한 보살핌을 받아서인지 반대를 잘 받아들이지 못했고, 형제들에게 명령하기를 좋아해서 '태양왕'이라고 불렸다.

1909년 온 가족이 레망으로 이사했다. 예수회가 운영하는 노틀담드생크루아학교에 입학했는데, 살짝 들린 코끝 때문에 친구들에게 놀림을 받았다.

1910년 새처럼 하늘을 날고 싶다는 열망에서 '하늘을 나는 기계'를 고안해서 목수의 도움을 받아 '돛 달린 자전거'로 만들었는데, 구덩이에 처박히는 결과로 끝났다.

1912년 자전거로 성채에서 6킬로미터쯤 떨어진 앙베리외 비행장을 찾아가서, 조종사에게 '어머니 허락을 받았다'고 거짓말을 하고 생애 처음 비행기를 탔다.

1914년 남동생 프랑수아와 함께 빌프랑슈쉬르손에 있는 콜레주몽그레중학교에 입학했다가, 건강상의 이유로 석 달 뒤 스위스 프리부르에 있는 마리아니스트 수도회 소속 빌라생장중학교로 전학했다. 3년간 기숙사생으로 지내면서 발자크, 보들레르, 도스토옙스키 등을 알게 되었다.

1917년 대학 입학 자격시험에 합격했다. 그런데 학교 기숙사에서 함께 지내던 동생 프랑수아가 심낭염으로 사망하는 사건이 발생한다. 남동생이 고작 열네 살에 자신의 팔에 안겨 사망한 일은 앙투안의 마음에 깊은 상처를 남겼다. 해군사관학교에 들어가기 위해 보쉬에고등학교와 생루이고등학교에서 공부했다.

1919년 해군사관학교의 필기시험은 합격했으나 면접에서 낙방하자, 파리의 에콜데보자르미술학교 건축과에 갔다. 차츰 과학 외에 문학도 진지하게 받아들이면서 어머니의 사촌인 이본 드 레스트랑주 부인의 도움으로 파리문단에 발을 들였다. 이때 19세 청년 앙투안은 첫사랑인 17세 루이즈 드 빌모랭을 만났다.

1921년 입대할 나이가 되자 4월에 공군에 지원, 스트라스부르그 노이호프에 있는 제2비행여단에 배속되었다. 하지만 공군조종사가 되기 위해 필요한 민간자격증이 없어서 활주로 정비 등 지상근무에 배치되자, 어머니가 보내주는 돈으로 민간자격증을 취득해서, 결국 6월 모로코 카사블랑카 제37전투연대 조종사가 되었다. 그런데 첫 비행부터 명령에 불복하고 자신의 취향대로 비행하는 돌출행동을 해서 사고가 잦았으니, '비행기를 부수는 사람'이라는 불명예가 평생 앙투안을 따라다닌다. 장 지로두, 장 콕토 등의 문학에 지속적인 관심을 유지했다.

1922년 2월 소위로 임관한 후, 카사블랑카를 떠나 부르제 제33비행연대 정찰부대로 갔다.

1923년 비행기 추락으로 두개골 골절상을 입었다. 루이즈와 약혼하고, 그녀 가족들이 조종사라는 위험한 직업을 반대하자 6월 예비역 소위로 제대하고 파리에서 회계사로 취직했다. 하지만 9월 루이즈와 파혼한다.

1924년 소레 자동차 회사로 직장을 옮겨서 트럭 세일즈맨으로 근무했다. 지방출장의 외로움을 술과 습작으로 달랬다.

1925년 파리에 들를 때마다 이모 집에 머물면서 앙드레 지드, 장 프레보 등의 유명 문인들과 친분을 맺었다.

1926년 4월 장 프레보의 주선으로 잡지 《나비르 다르장(Le Navire d'Argent)》에 《남방우편기》의 초고격인 단편소설 〈비행사(L'Aviateur)〉를 발표했다. 큰누나 마리 마들렌이 죽었다. 툴루즈로 가서 라테코에르 항공사에 입사, 영업부장 디디에 도라와 동료 비행사인 장 메르모즈, 앙리 기요메를 만났다. 그들의 조언을 받아 툴루즈-알리칸테(스페인) 노선의 첫 우편비행에 성공했다. 라테코에르 항공사가 이름을 '아에로포스탈'로 변경했다.

1927년 6개월간 툴루즈-카사블랑카-다카르 정기노선을 누볐다. 이때 기요메의 조종으로 카사블랑카-다카르 사이를 날다가 비행기 부품인 크랭크암이 부러져서 사막에 불시착, 권총을 들고 두려움에 떨며 밤새 구조를 기다린 적이 있었다. 10월 모로코 남부의 기항지 캅쥐비(스페인령 사하라 사막)의 책임자로 파견되었다. 아에로포스탈의 장거리 운항 조종사들이 휴식을 취하는 중간기착지였는데, 주 업무는 불시착해서 원주민 모로족에게 납치된 조종사들을 구조하는 일이었다. 앙투안은 외출도 자유롭지 않고 비행기도 주1회밖에 오지 않는 고독한 사막에서 18개월간 지내면서, 협상을 위한 아랍어를 공부했고, 아프리카여우 길들였고, 〈남방우편기〉를 썼다.

1928년 프랑스로 귀국, 브레스트에서 고급 비행사 면허를 취득했다.

1929년 갈리마르 출판사에서 《남방우편기(Courrier Sud)》를 발표했다. 9월 부에노스아이레스의 '아에로포스탈 아르헨티나'에 파타고니아 노선의 개발과장으로 발령 받아 이미 그곳에 가 있던 메르모즈, 기요메와 합류했다. 신항로 개척은 짜릿하지만 고독한 작업이었던 만큼, 앙투안은 외로움과 권태로움에 힘겨워하며 틈틈이 〈야간비행〉을 썼다.

1930년 민간항공 부문의 공로를 인정받아 레지옹 도뇌르 훈장(기사 등급)을 받았다. 6월 기요메가 안데스산맥 횡단 중 행방불명되어 닷새 동안 수색했는데, 얼마 후 기요메가 스스로 살아 돌아왔다. 아르헨티나를 떠나기 몇 주 전 가을, 작은 체구의 갈색머리 미망인 콘수엘로 고메즈 카릴로(본명 콘수엘로 순신 산도발)를 만났다. 앙투안은 과테말라 국적의 외교관이자 화가이자 문인이자 사교계의 여왕인 그녀에게 반해서 서둘러 청혼했다.

1931년 1월 프랑스로 돌아와서, 4월 가족들의 반대를 무릅쓰고 아게 성당에서 콘수엘로와 결혼했다. 7개월의 짧은 연애를 거친 개성 강한 두 사람의 결혼은 싸움과 화해의 연속이었으니, 앙투안은 콘수엘로의 열정을 힘겨워했고, 콘수엘로는 조종사 남편의 부재와 직업적 위험성에 항상 마음을 졸였다. 5월 카사블랑카-포르테티엔 사이의 야간 시험비행으로 프랑스-남아메리카 신항로를 개척했다. 10월 앙드레 지드가 서문을 쓴 《야간비행(Vol de nuit)》을 출간했다. 문단은 '비행기 조종사의 독창적 경험담일 뿐 문학은 아니다'라고 폄하했지만, 12월 페미나상(프랑스의 권위 있는 문학상)을 받으며 여러 나라로 번역 출간 및 영화화되었다.

1932년 아에로포스탈이 문을 닫았다. 앙투안은 시험비행사와 공습조종사로

남는 한편 일간지 《파리 수와르》의 특파원으로 일했는데, 시험비행 중 생라파엘 만 부근에서 추락했다.

1933년 프랑스가 모든 항공사를 통합해서 '에어프랑스'를 창립하자 입사하려 했으나 실패했다. 《야간비행》이 미국에서 당대 최고의 배우 클라크 게이블 주연으로 제작되었다.

1934년 에어프랑스 홍보실에 입사했다. 《남방우편기》의 시나리오를 쓰고 직접 조종사 역할로 출연했다.

1935년 《파리 수와르》의 특파원으로 모스크바에 체류하며 탐방기사를 썼다. '가장 좋은 친구' 레옹 베르트를 만났다. 12월 파리-사이공 노선의 비행시간 갱신에 나섰다가 정비사 앙드레 프레보와 함께 리비아 사막에 불시착했다. 닷새간 사막을 배회하고 물까지 다 떨어져서 죽는구나 절망했을 때, 베두인 카라반(상인단)에게 발견되어 구출되었다.

1936년 알렉산드리아를 거쳐 귀국했다. 8월 《앵크랑시장》의 특파원으로 스페인 내전을 취재했는데, 이때 인간의 조건과 의미에 대해 깊이 고찰했다. 〈성채〉를 쓰기 시작했다. 남대서양에서 메르모즈가 실종되자 라디오와 언론에 기사를 보냈다.

1937년 톰북투-카사블랑카-다카르 직항노선을 시험비행했다. 6월 스페인 내전을 재취재해서 《파리 수와르》와 《앵크랑시장》에 보냈다.

1938년 뉴욕-푼타아레타스(칠레) 노선을 운항하다가 비행기가 추락, 다리를 절단해야 할 정도의 심각한 중상을 입었는데 별거 중이어서 고향에 머물고 있던 콘수엘로가 달려가 극구반대하고 간호했다. 퇴원 후 프랑스로 귀국해서, 스페인 내전 취재 때 생각했던 것들을 〈인간의 대지〉로 쓰기 시작했다.

1939년 파리로 돌아와 《인간의 대지(Terre des hommes)》를 출간했다. 이 책으로 5월에 두 번째 레지옹 도뇌르 훈장을 받고, 6월에 아카데미프랑세즈의 소설 분야 그랑프리를 수상했다. 미국에서 《바람과 모래와 별들》이라는 제목으로 번역 출간되고 영화화되어 미국을 여행하다가, 유럽에 전운이 감돌자 8월 급히 귀국했다. 9월 4일 제2차 세계대전이 터지자 공군 대위로 툴루즈 몽트랑의 기술교

육대에 소집되었다. 비행사 지원에서는 신체검사에 불합격했지만, 기어이 33비행정찰대 2팀에 배속되었다.

1940년 5월까지 각종 작전에 참여하다가, 아라스 상공 비행 중 독일의 공격으로 비행기가 벌집이 되고 간신히 귀환했다. 6월 독불 휴전으로 징집이 해제되자 마르세유로 돌아가 《성채》 집필을 이어갔다. 10월 미국 출판사의 초청을 받는데, 11월 앙리 기요메가 지중해 상공에서 영국 비행기로 오인받아 이탈리아 전투기에 격추되었다는 소식을 듣자, 12월 뉴욕으로 떠났다. 처음에는 미국에 몇 주만 머무를 계획이었는데, 프랑스가 독일에게 점령되자 망명이 되었다. 엉뚱하게 신형 잠수기계를 발명하는 등의 활동을 해서 FBI 요주의대상 명단에 오르기도 했지만, 워낙 영화 《야간비행》의 대중적 인기가 높아서 스타로 대접받았고 클라크 게이블, 그레타 가르보, 찰리 채플린, 마를렌 디트리히 등의 대스타들과도 자주 만났다. 그런데 '문체를 해칠 수 있다'면서 끝내 영어를 배우지 않았다.

1941년 LA에서 수술을 받고 회복기 8개월을 보내면서, 아라스 상공에서 비행기가 벌집이 되었던 아찔한 순간을 《전투 조종사》로 써내려갔다. 미국 출판사들은 생텍쥐페리의 신간을 위해 기꺼이 거액의 선금을 지불했다.

1942년 《전투 조종사(Pilote de guerre)》가 미국에서 《아라스로의 비행(Flight to Arras)》이라는 제목에 베르나르 라모트의 삽화를 곁들여 번역, 출간되었다. 프랑스에서도 출간되었지만 이듬해 점령국 독일에 의해 판매가 금지된다. 여름에 롱아일랜드 베빈하우스에 자리를 잡고 《어린 왕자》를 집필했다. 생텍쥐페리의 뉴욕 생활은 매우 풍족하고 화려했지만, 그는 늘 '미국에 거주하는 프랑스인의 분열(비시정권 지지파와 드골정권 지지파의 충돌)에 이용당하고 있다'고 느꼈기 때문에, 연합군이 북아프리카에 상륙하고 3주 뒤인 11월 20일 '생텍스'라는 이름으로 라디오 방송에 출연해서 프랑스 국민의 단결을 호소했다. 12월 《뉴욕 타임스》에 '모든 곳에 있는 프랑스 사람들에게'라는 공개서한을 발표하고 2/33비행 중대에 합류하려고 노력했다. 실비아 해밀턴에게 보내는 편지에 '나의 가장 큰 잘못은 내 동족이 전쟁으로 죽어가는 동안 미국에서 살고 있는 것'이라고 썼다.

1943년 2월 《어느 볼모에게 보내는 편지(Lettre à un otage)》를 출간했다. 4월 6일 뉴욕의 레이날 앤드 히치콕 출판사에서 《어린 왕자(Le Petit Prince)》를 영역

본과 프랑스어본으로 동시 출간했다. 5월 전쟁이 재개되자 3주간 배를 타고 대서양을 건너서 모로코 우지다에 있는 미군 지휘하 비행편대에 들어갔다. 하지만 미국 최신예 전투기 록히드 P38을 몰면서 영어를 못 해서 항공관제사와 무전연락을 못 했고 고도 입력 오류(1만 피트를 1만 미터로 착각) 등의 치명적 실수를 연발, 결국 7월에 론강 상공 정찰비행 후의 착륙 사고로 해고되었다. 8월 알제의 친구 집에 머물며 《성채(Citadelle)》 원고를 수정하고 제트엔진을 연구했으며, 끈질기게 청원해서 '5회만 비행한다'는 조건으로 2/33비행정찰대에 재배속되었다.

1944년 2/33비행정찰대가 코르시카의 바스티아—보르고 기지로 이동했다. 7월 31일 오전 8시 25분 총6시간의 연료를 채우고 비무장으로 단독비행에 나섰다. 이미 5회를 훌쩍 넘긴 8번째의 비행으로, 보름 후에 있을 프로방스 상륙 작전에 쓰일 지역 상세 지도 제작을 위한 것이었다(론 계곡—안시—그르노블—프로방스를 거쳐 돌아오는 일정). 하지만 앙투안의 비행기는 오후 2시 반 교신이 끊기고 실종되었다. 목격자들은 코르시카 수도에서 100킬로미터 떨어진 프랑스 남부 해안에서 독일 전투기에 의해 격추되는 것을 보았다고 증언했다.

1945년 7월 31일 스트라스부르에서 추도식이 거행되었다.

1946년 6월 프랑스 갈리마르 출판사에서 《어린 왕자》를 출간했다.

1948년 국가에서 그의 죽음을 '프랑스를 위한 죽음'으로 인정했다.

1998년 9월 마르세유 먼 바다에서 한 어부의 그물에 생텍쥐페리의 이름이 새겨진 팔찌가 걸려 올라왔다.

2000년 생텍쥐페리의 정찰기로 추정되는 비행기 잔해가 발견되었다.

2004년 4월 7일 프랑스 공군이 '전해 가을 리우섬 근방에서 발견된 P38이 생텍쥐페리 비행기의 잔해로 판명되었다'라고 발표했다.

2008년 당시 참전했던 독일군 조종사 호르스트 리페르트가 '내가 생텍쥐페리의 정찰기를 격추시켰다'라고 주장했는데, 증거는 제시되지 않았다.

옮긴이 김미정

이화여자대학교 불문학과와 이화여자대학교 통역번역대학원 한불번역학
과를 졸업했다. 출판사 편집자로 일했고, 현재는 번역가로 활동 중이다.
《파리의 심리학 카페》《라루스 청소년 미술사》《잠자는 숲속의 공주를
찾아서》《재혼의 심리학》《하루에 한 권, 일러스트 세계 명작 201》《기
쁨》《고양이가 사랑한 파리》《페미니즘》《미니멀리즘》 등을 번역했다.

어린 왕자

초판 1쇄 2018년 10월 25일

지은이   앙투안 드 생텍쥐페리
옮긴이   김미정

펴낸곳   더모던
전화   02-3141-4421
팩스   02-3141-4428
등록   2012년 3월 16일(제313-2012-81호)
주소   서울시 마포구 성미산로32길 12, 2층 (우 03983)
전자우편 sanhonjinju@naver.com
카페   cafe.naver.com/mirbookcompany

ISBN 979-11-89581-39-8   04860